덜컹
거리는
삶

덜컹
거리는
삶

초판 1쇄 발행 2022년 2월 11일

지 은 이	김정숙
발 행 인	권선복
편 집	오동희
디 자 인	김소영
전 자 책	오지영
마 케 팅	권보송
발 행 처	도서출판 행복에너지
출판등록	제315-2011-000035호
주 소	(157-010) 서울특별시 강서구 화곡로 232
전 화	0505-613-6133
팩 스	0303-0799-1560
홈페이지	www.happybook.or.kr
이 메 일	ksbdata@daum.net

값 20,000원

ISBN 979-11-5602-956-4 (03810)

도서출판 행복에너지는 독자 여러분의 아이디어와 원고 투고를 기다립니다. 책으로 만들기를
원하는 콘텐츠가 있으신 분은 이메일이나 홈페이지를 통해 간단한 기획서와 기획의도, 연락처
등을 보내주십시오. 행복에너지의 문은 언제나 활짝 열려 있습니다.

덜컹
거리는
삶

김정숙 지음

도서
출판 행복에너지

빈, 완, 경
그리고 오윤, 오준, 오현에게
가장 의미 있는 존재로 있길 소망하며
이 글을 남깁니다.

우리 모두는 던져진 존재로서의 삶을 이어갑니다.

낯선 곳에 던져진 이방인은 언제나 외로움과 고독을 양식처럼 먹으며 살아갑니다. 그래서 불안감은 피할 수 없는 운명입니다.

삶의 절반쯤 왔을 때 우린 되돌아 나갈 퇴로가 막힌 것을 알아차립니다. 출구는 오직 하나, 소멸을 향해 앞으로 나아가는 것뿐입니다. 그래서 삶이 익어갈수록 단순하고 자연 친화적인 삶에 관심을 가지면서 무거워진 인생의 짐을 덜어내고자 합니다.

휘게, 라곰, 와비사비 라이프스타일에 탐닉하고, 숲이나 바다쪽으로 사는 곳을 옮기는 꿈을 꾸며 자연과 함께하는 소박하고 세련된 삶을 그려봅니다. 우리의 본질적인 불안감을 잠재우는 평안과 위로가 그곳에 있다고 믿습니다.

사랑이나 관심, 우정과 결혼 등, 소중하지만 복잡한 인간관계에서 오는 스트레스에 삶이 덜컹거립니다. 자기의 삶이 방해받거나 손해 보고 싶진 않으면서 관심과 사랑은 받고 싶습니다.

인간의 이런 이중적 습성을 해결하기가 쉽지 않아서 이혼이 늘어나고, 나이가 들면 홀로 고독한 잉여인간으로, 갈 곳 없는 퇴적공간으로, 떠밀려가는 슬픈 인생입니다.

잔소리가 늘어가며 갈등이 생기는 오래된 부부에서는, 졸혼이라는 신종 결혼 형태가 생기고, '함께 따로'를 실천하는 현명한 사람들도 늘어갑니다. 그래야 마음의 평정심을 유지하며 상대방에 대한 이기적인 생각을 포기하기가 쉬워집니다.

혼자 사는 즐거움까지는 아니라도 홀로 있지만 슬프지 않은 고독력은 길러야 누추하지 않은 삶이 됩니다. 인생의 본질적인 의미에 대한 생각이 많아지는 나이가 되면서 나를 찾아 머리를 깎고 산으로 가는 구도자는 못 될지라도 과연 지금 이 순간 내 삶이 무엇을 의미하는지, 어떤 교훈으로 다가오는지는 놓치고 싶지 않습니다.

이 작은 땅에 갇혀 세계 어느 곳도 갈 수 없는 코비드의 시대에 한반도에서 벗어나지 못해서 오는 공황장애와 비슷한 폐쇄공포증도 생깁니다. 역병의 시대를 살고 마스크 속 뱉어 낸 공기를 다시 들이마시며 구역질을 느낍니다. 365일 마스크를 하고 살 수는 없을 것 같았는데 살다 보니 살아지는 게 삶입니다.

머릿속에 그리는 오래된 추억 속의 나파밸리, 라구나비치, 하와이… 그 하늘과 쪽빛 바다와 그 냄새에 대한 추억이 유일한 치유제입니다. 그곳의 꽃향기가 그리워 미칠 지경의 요즘입니다.

입으로는 "열심히 버티며 일했으니 떠나라. 희망을, 열정을 가져라."라고 말은 하지만 일과 처한 환경이 발목을 잡습니다.

도대체 이런 시기에, 이렇게 덜컹거리는 삶의 시간에, 무엇으로 가치 있게 살아남아 세련된 라이프스타일을 가질 수 있을지 고민합니다.

행복의 조건은 첫째가 삶의 질을 바꾸는 것, 둘째가 영혼과 정신의 깨끗한 질을 높이는 것이라고 합니다. 사는 곳을 바꾸고, 원하는 곳으로 옮겨갈 수 있는 경제적 자립 문제를 해결하고, 명상이든 요가든 홀로 고독할 수 있는 힘을 기르는 것입니다.

삶에 대한 열정이 없으면 살아있으나 죽은 것과 같습니다. 그래서 매일매일 잘 보이는 곳에 열정을 걸어두고 나갈 때마다 불씨를 꺼뜨리지 않으려 안간힘을 씁니다. 미소를 연습해서 입술에 걸고, 눈엔 총명함을 장착한 채 일터로 향하지만 답답함을 막을 순 없습니다.

도대체 어떻게 해야 새로운 모습으로 세련될 수 있는지, 현명하고 겸손한 아우라를 만들 수 있는지를 고민합니다.

50여 명의 직원들에게 난 어떤 상사일지에 신경이 쓰이고, 한편으로는 막대한 세금 고지서와 지출 명세서를 받아들고는 망연자실하는 미숙한 경영자일 뿐입니다. 매달 지출과 경영에 넉넉한 적은 한 번도 없었습니다. 그래도 일을 놓지 못하는 이유는 일이 가장 좋은 삶의 도구 중 하나이기 때문입니다.

불안하고 우울할 때의 가장 좋은 도피처는 일터입니다.

일이 주는 노동의 가치는 경제적 빈곤의 해방 외에도 정신적 불안의 안식처 역할을 합니다. 일에 갇혀서 답답하기도 하지만, 일에 몰입할 때의 뜨거움도 있습니다. 그것들은 삶에서 오는 모든 불안을 잊게 합니다. 일로부터 벗어나고픈 갈망과 일로부터 얻는 평정심이라는 이율배반적 상황을 어떻게 풀어낼지가 숙제입니다.

일이 있어서 일찍 일어나고, 화장을 합니다. 일로부터 물러난 때 무엇이 날 세상 밖으로 끌어낼지 아직 답이 없습니다.

세상에 만만한 일은 없습니다. 경제적으로 돈을 벌고, 직원들 급여를 해결하고 국가에 엄청난 세금을 내려면 매일 매일이 전쟁터입니다. 웃음을 잃고, 스트레스 속에서 두통과 불면의 밤을 홀로 보내며 고민해야 합니다.

한편으로는 수명이 길어지고 젊은 시니어들은 은퇴가 두렵습니다. 일 외에 자신을 표현하고 행복한 노후를 만들 방법을 알지 못합니다. 그래서 할 수만 있다면 죽기 전까지 일하고 싶어 합니다. 경제적으로 자립하고 성공했지만 일 말고 노는 것으로 행복을 만드는 법을 배우지 못했습니다. 그러니 일 때문에 온갖 스트레스를 받는 '지금'을 가장 불행한 시간으로 보냅니다. 가장 행복하게 존재해야 할 '지금'이 가장 힘든, 이런 아이러니가 삶인 듯합니다.

성공적인 삶의 비결을 고민하며 답을 구합니다.

'정답이 없는 걸 알지만 소크라테스처럼 끝까지 삶의 진리를 추구할 것, 프로이트가 말했듯 일하고 사랑할 것, 지난 시간에 대해 깊이 생각하지 말고 미래를 걱정하지 말 것, 모든 것이 끝나기 전까진 진짜 끝난 게 아님을 알 것….'

덜컹거리는 인생길 위에서 되뇌는 교훈이며 자기암시입니다.

심리학자들이 말하는 이 시기의 발달과제가 있고 그 숙제 때문에 오늘도 낑낑거립니다.

'스스로 생산적일 것, 친밀감을 주는 인성을 구축할 것, 경제적 안정성을 만들 것.'

이것은 절대 게을리할 수 없는 숙제이며 피할 수 없는 과업입니다.

은퇴 후 갈 곳을 잃은 많은 이들이 버려지는 퇴적공간 속 잉여 인간은 공포 그 자체입니다. 그 불안과 공포로 불면의 밤을 보내기도 합니다.

시시각각 삶의 적나라한 모습을 보면서 속으로 집어삼킨 이야기들을 풀어내지 못한 답답함이 우울증을 만듭니다. 인생 숙제를 하려다 불행이라는 괴물의 일격을 맞고 쓰러지기도 합니다. 그리고는 힘들다며 성마른 분노와 당혹감으로 뭉개진 거친 속마음을 드러냅니다.

'도대체 망할 인생은 왜 이리 내게 가혹한가'라며 막말을 쏟아내지만 조용히 숙제를 마치는 게 과제임을 모르지 않습니다. 그러면서 외롭고 힘들어집니다.

불안으로 계속 외로워질 때, 기적을 바라지만 아무 일도 일어나지 않는 일상이 폭력처럼 느껴지는 시간을 살 때, '이 며칠이

지나면 괜찮아질 거야'라는 먹먹한 희망을 가슴에 품습니다.

잘 보이는 곳에 걸어놓은 희망을 꺼내 가슴에 품지 않고는 살아가기 힘든 일상입니다. 헛헛한 가슴팍에서 끔찍한 외로움의 핏물이 떨어집니다.

"우리 존재는 참을 수 없을 만큼 가볍다.
그러나 한 번뿐이므로 너무나 소중하다.
영생과 윤회는 별개의 문제다. 기억할 수 없기 때문이다.
내가 고통과 행복을 느끼는 것은 지금 생뿐이다."
– 밀란 쿤데라 『참을 수 없는 존재의 가벼움』

내 생은 지금 한 번뿐입니다.

그렇게 우리의 존재 의미는 가볍습니다. 아무도 기억하지 않을 겁니다. 지금 한 번뿐인 삶을 힘들어도, 불안해도, 보람 있게 살아내야 합니다. 그러기 위해 열정, 사랑, 행복이라는 희망의 푯대가 필요합니다.

동시대를 사는 타인의 존재에 대해 배우고, 어울리며, 그들을 내 삶 안으로 받아들이는 과정을 통해 함께 어울려 사는 행복을 배우는 것도 지금의 숙제입니다.

늙고 사라지는 것은 자연도, 세상도, 아닌 바로 나 자신입니다. 천 년 전의 사람들도 지금의 나처럼 시간의 유한함에 절망하고 계절의 아름다움을 노래했습니다. 그들은 사라지고 내가 그 뒤를 따르며 생명의 강은 도도히 흘러갈 뿐입니다.

그러니 지금을 살고, 너무 애쓰지 말고, 힘들고 외로우면 그냥 주저앉아 울어도 될 일입니다.

고단하고 허무한 일상 속에서 단단한 내면을 가꾸고, 곁에 있는 작은 행복에 몰두하고, 현실의 나를 마주할 용기를 갖는 것입니다. 참을 수 없는 존재의 가벼움을 받아들이고 조만간 소멸할 운명을 이해하는 것입니다.

우리가 삶을 끝내는 게 아니라 잠시 삶이라는 강을 스쳐 지나갈 뿐입니다.

마음이 급하고 복잡할 때의 답이 잠시 아무것도 하지 않는 것이듯, 진정 자유롭고 싶다면 꿈이라고 포장된 욕망을 내려놓아야 합니다.

식물의 부드러운 뿌리가 단단한 땅과 바위를 뚫고 나오는 것을 봅니다. 부드러운 카리스마와 미소가 단단하고 딱딱하게 굳은 삶의 생채기를 치유하며 앞으로 나아가게 합니다.

새 신을 신고 진흙탕에 들어가지는 않습니다. 그러나 어쩌다 실수로 신발이 더러워지면 그다음부턴 신경 쓰지 않고 진흙탕을 넘나듭니다. 덜컹거리는 삶의 길 위에서 균형을 잃고 진흙탕에 빠졌을 땐 곧바로 빠져나와 신발에 묻은 진흙을 털고 깨끗이 해야 할 일입니다.

덜컹거리는 인생을 살면서 삶의 진흙탕을 피하는 방법은 자기

절제와 자연 친화적 마음가짐, 노동의 가치에 대한 존중, 겸손과 따뜻한 영혼을 유지하는 일입니다.

FOMO^{fear of missing out} 사피엔스로 살아온 나와 불안감으로 현재를 사는 젊음들에게 위로를 건넵니다.

1.
잘 보이는 곳에
희망을 걸어두며

2.
잠시 멈추는 힘으로
우린 앞으로 간다

3.
햇빛도 그늘이
있어야 찬란하다

4.
기다림마저 잃었을 때
희망이 보인다

5.
어디에 있든,
그곳의 이름은 '여기'

1.

잘 보이는 곳에

희망을 걸어두며

∽

시간이 흘러간다고들 하지만 움직이는 것은
시간이 아니라 우리다
– 톨스토이

∽

2021 겨울

참으로 엄중한 시대를 살고 있습니다. 인류 역사에 절대 흔치 않을 시대적 경험을 하고 있는 겁니다. 코비드-19로 명명된 중증호흡기 전염병을 유발하는 코로나 바이러스가 스페인 독감 시대를 떠올리게 하고, 중국 우한의 박쥐가 원인이라는 보고에선 중세의 페스트가 오버랩됩니다.

코로나 바이러스로 인한 강제격리, 사회로부터의 격리가 벌써 1년입니다. 아마도 전 인구의 60프로가 집단면역이 생기고 개개인의 감염지수가 현재의 두세 명에서 0.5로 떨어질 때까진 백신을 맞고 기다려야 할 듯합니다. 생전 처음 접한 바이러스에 대한 인간들의 재빠른 노력과 과학의 발달이 1년 만에 백신을 만들었다는 놀라움 또한 버릴 수 없습니다. 그럼에도 불구하고 나라마다 경제력과 정치적 능력의 차이가 있어 불쌍한 나라의 국민은 무한정 백신의 차례를 기다립니다.

'곧 끝나겠지'라는 헛된 기대로 아무 것도 못 한 일 년이 지난 지금, 갑작스런 현타(현실타격)가 몸과 마음을 후려치고 있습니다.

삶의 일상을 잃어버리자 '어떤 삶을 살 건가'라는 화두가 영하 19도의 혹독한 추위와 함께 모든 걸 얼려버리고 있습니다. 도대체 무얼 기다리며 하루하루를 노심초사하고 화를 내며 웃음기 없는 시간을 보내는지 알 수 없는 2021입니다.

wist - work, intimacy, spirituality, transcendence

삶의 4대 의미를 일, 사랑, 영혼, 초월이라고 말하는 글을 읽고는 진한 동감을 느끼고 있습니다.

지금처럼 예상 못한 채 맞은 인류의 역병시대에 사회적 동물로 태어난 인간을 고립시키며 거리를 두라 강요하면 인간은 무엇에 의지해서 살아야 할지 모르게 됩니다. 자연 속에서, 자연처럼, 영혼을 가꾸고 초월을 꿈꾸지 않으면 생존하기 어려운 시대입니다.

우연히 터치된 유튜브에선 맑고 향기롭게, 무소유라는 화두를 남기고 세상을 떠난 법정 스님의 산중생활이 담긴 영상이 있었습니다. 우연의 일치지만 갑갑한 일상에서 만난 작은 축복입니다.

답이 없는 삶이고, 고민조차도 미세먼지로 뒤덮인 현실 속 우울함에 가려집니다. 은퇴 후가 두려워서 돈을 아끼고 투자에 몰두하고, '삶의 질을 위하여'라는 강박증 때문에 아낌없이 돈을 써대며 구입하는 명품 옷, 호텔식사, 강남 아파트 등등의 욜로 마인드….

남는 건 허전함뿐입니다.

버리고 갈 것만 남아있을 뿐인데 왜 미쳐 돌아가는 세상에 자신을 던지고 있는지 모르겠습니다. 자고 일어나면 코스피가 하늘을 찌르고 전국 아파트의 값은 미쳐 날뛰는데, 열심히 일해서 부를 이룬 사람들을 적으로 만드는 패거리 정치를 서슴지 않는 지금의 정치꾼들. 그들에게서는 한국 전쟁 때 자기보다 잘사는 지방의 부자들을 죽창으로 찔러 죽이던 군인들의 섬뜩함이 오버랩됩니다. 투기꾼이라는 좌표를 찍어 반대쪽의 못 가진 사람들을 선동하는 무서운 시대를 살고 있습니다.

답답한 시대를 비추는 반짝이는 빛이 내 앞에 있다면….

눈과 마음이 정면만을 응시하며 나아가고, 정말 원하는 것을 위해 행동하고 싶습니다. 그리하면 묵직하게 눌러 숨 막히게 하는 현실이 우릴 놓아줄 겁니다.

코로나라는 전대미문의 전염병이 트럼피즘을 낳아 못살고 소외된 백인 저소득층의 무서운 보복심리를 낳고, 386, 586세대라는 한국의 운동권 세대가 정권을 잡아 권력을 휘두르는 지금, 모두가 새파랗게 질려 숨을 죽이고 있습니다. 내게만은 이 살상의 죽창이 날아오지 않길 기도합니다.

지구 반대편 미국과 유럽에선 백인에게 박탈감을 갖는 흑인들이 가장 약한 아시안을 상대로 인종적 증오범죄를 저지르고 있습니다. 트럼프의 선동이 이런 혐오범죄를 낳은 듯합니다.

생계 수단인 가게 문을 사회적 거리두기라는 명목으로 닫으라면 닫고, 하늘 모르게 올라간 세금을 맞추기 위해 적금을 깨면서도, 죽은 척 엎드려 있는 시대를 살고 있습니다.

평온하길 바라는 우리의 일상이 정치로, 코로나로, 심하게 요동치며 흔들리고 있습니다.

순간을 살라며 외치던 한때의 욜로you only live once 유행은 삶에 대한 심각한 실망과 환멸을 불러오고, 급기야 실존에의 실망으로 이어집니다. 삶의 의미를 잃어버렸습니다.

내 인생을 이것으로 끝내야 하나… 겨우 난 이런 존재였을 뿐인가….

이런 자조적인 실망과 혼돈의 시간을 보내는 엄혹한 계절입니다. 일상에서 만나는 작은 것들이 새삼 소중해지고, 만나지는 못해도 카톡을 통해 소통할 수 있다는 소소한 기쁨이 그나마 살아서 생명을 유지하는 작은 답입니다. 나를 죽이지 않게 되어 다행입니다.

일을 통해 의미 있는 성취를 경험하려면 용기를 필요로 합니다. 코비드 시대는 삶의 일상성이라는 소소한 행복이 얼마나 소중했는지를 깨닫게 합니다.

사랑intimacy, 친밀한 관계 유지를 위해 주변 사람에게 친절해야 한다고 다짐하고 있습니다.

영적인 삶에 대한 갈망이 가슴을 채우는 요즘입니다. 어찌하면 초월적 존재를 의식하며 살아갈 수 있는지를 고민합니다. 필요하다면 머릴 깎고 산으로 갈 용기가 있는지 스스로에게 묻고 있습니다.

초월의 문제는 내 미숙한 지적 수준으로는 아직 모르겠습니다. 의식의 중심에서 어떻게 날 끌어내릴지, 현재의 나를 어찌 끌어내서 밖으로 나갈지 그게 요즘의 내 화두입니다.

죽은 후에 내가 다녀간 이 세상에 흔적이라도 남길 수 있을지… 무엇으로 난 기억될지….

하지만 불행히도 아무도 기억하지 않는 티끌로 사라지리라는 것을 나는 예감합니다.

2021년 겨울. 덜컹거리는 삶 위의 생각들입니다.

에피쿠로스적인 삶

알랭 드 보통의 책에 빠져있습니다.

『불안』, 『젊은 베르테르의 기쁨』 등으로 번역된 책을 통해 에피쿠로스의 철학적 사유를 해석해 주는 그의 견해에 동감하는 요즘입니다.

쾌락주의를 표방한 그의 견해에 강한 거부감을 느끼며 젊은 시절을 보냈습니다. 일상의 소소함이 소중하다는 것을 알게 된 요즘, 삶의 의미로 즐거움, 우아함, 기쁨 등의 밝음에 관심을 갖게 되고 그가 다르게 읽혔습니다.

지치고, 우울하고, 불안감을 해소하지 못하고, 멀리 떠날 수 없는 코로나 시대가 덮쳐오면서 멀쩡한 집을 놔두고 가끔 집 근처의 고급 호텔이나 스파를 찾는 나를 설명하기 어려웠습니다.

분명 돈 낭비나 쾌락을 위한 게 아닌데, 나만의 컴포트존에서 사색하고 당면한 문제들에 대한 답을 얻고자 하는 생각을 무슨 말로 설명해야 할지 몰랐습니다.

덴마크의 라곰, 스웨덴의 휘게, 일본과 캘리포니아의 와비사비 라이프스타일에 관심을 가지며 어떤 삶의 방식이 남은 내 삶을 충만하게 할까를 고민하는 요즘입니다. 이들 라이프스타일은 결코 화려하지 않고 소박하며 자연 친화적입니다. 소박하지만 싸구려가 아닙니다.

쾌락을 우선시하는 에피쿠로스의 라이프란 최고급의 화려한 저택, 휴양지, 차 등 물질적인 화려함을 통한 쾌락 추구로 오해되어 왔습니다. 그런데 알랭 드 보통을 통해 알게 된 에피쿠로스의 철학은 몰디브의 개인 휴양지나 다나 포인트의 최고급 리조트 같은, 지극히 자연주의적이며 사람들과 격리된 곳에서의 세심한 보살핌을 갈망하는 행복과 통하고 있습니다. 요즘의 하이엔드 라이프스타일입니다.

그러니 가끔 불쑥 저지르는 내 사치스런 컴포트 존에의 열망을 나무랄 일은 아닌 듯합니다.

비싼 사용료를 지불해야 하는 서비스는 그곳의 풍요로운 환경이 주는 자유감 속에서 지불능력은 있다는 자신감과 그 정도의 금전적인 결핍은 없음에 대한 안도감을 느끼게 합니다.

그리고 기꺼이 그곳에 따라와 주는 아끼는 사람들과의 감정적 교류는 원초적인 인간관계의 친밀감에 대한 확신을 줍니다.

고급 타올과 새하얀 린넨으로 정돈된 침대는 그 까실까실한 청량감으로 나의 사색을 방해하지 않습니다.

와인 잔을 기울이며 현재 나를 억압하고 불안감을 주는 많은 문제들을 생각합니다. 답은 없지만 위안이 됩니다.

현대의 내가 행하는 에피쿠로스적인 쾌락입니다. 그러면서 노후엔 바다든, 정원이든 새파란 하늘과 향기가 있는 곳에서의 라이프스타일을 소박하게 이어 가겠다는 생각을 합니다.

극단적 쾌락주의가 만연하던 에피쿠로스의 시대는 엄청난 부를 쏟아부어 지은 대저택과 호화로운 조각품과 정원들, 음식, 성애의 탐닉. 하물며 두통을 치료하기 위해 뇌에 구멍을 뚫는 어리석은 일까지 유행한 시대입니다.

그러나 그가 주창한 쾌락의 본질은 행복이고, 그 행복을 위해 필요한 자유, 그리고 변하지 않는 우정과 같은 인간관계의 친밀함이 그가 말한 행복의 주요 요소였습니다. 오히려 사색을 통한 평상심의 유지가 그 바탕이라는 알랭 드 보통의 해석이 울적한 요즘 값비싼 서비스를 찾는 내 행태에 대한 설명을 가능하게 합니다.

그런 생각으로 세상을 보니 다르게 해석되는 게 많습니다.

엄청난 가격의 자동차인 램버기니의 광고는 차를 통해 자유를 팔고 싶어 합니다. 호화로운 요트와 호텔의 광고는 인간관계의 우아한 친밀함을 팔고 싶어 하고, 최고급 스파나 리조트에서의 요가 상품들은 사색을 통한 고요한 평상심을 팔고 싶어 합니다. 에피쿠라리안에 대한 환상을 상품화한 겁니다.

휘게, 와비사비, 캘리포니아나 플로리다의 라이프스타일 등은 현대화된 자연 친화적 쾌락주의, 에피쿠라리스적 삶에 대한 갈망입니다.

"여긴 천국의 도시입니다. 아름다운 해변과 푸른 하늘, 꽃향기, 맛있는 음식으로 행복한 하와이에서 안부를 묻습니다."

오늘 이렇게 아름다운 글로 안부의 문자를 보낸 젊은 오경선생 부부를 보며 난 그곳에 가고 싶어서 안달을 합니다.

그들은 중환자실에서 밤샘 근무를 하며 생사의 최전방에서 몇 달을 일한 의사들입니다. 일 년 전부터 얻어놓은 두 친구의 2주간의 휴가를 하와이에서 보내고 있습니다. 젊은 그들의 밝고 활기 넘치는 삶의 단면이 너무나 아름답습니다.

장소에 중독되는 곳이 있습니다.

내 20대의 유학 장소였던 그곳, 젊음의 추억이 아로새겨진 하와이가 그런 곳입니다. 이름만으로도 추억과 행복이 옮겨오는 전염성이 강한 장소입니다. 와이키키라는 단어만으로도 가슴이 두근거리는 금단현상이 일어납니다. 그곳은 내 추억의 쾌락인 에피쿠로스적 장소입니다.

떠날 수 없는 코로나 일상 속에서 듣는 젊은 친구들의 안부에 이번 주말은 꼭 어디든 떠나야 할 것 같습니다.

성공을 갈망한 내가 진정으로 원했던 건 어떤 에피쿠라리안적 삶이었을까요? 나는 항상 때를 기다렸습니다.

언젠가는… 이라는 가정법 속에 나를 묶어두고, 현실의 팍팍함을 핑계 삼아 떠나지 못했습니다. 그리고 시간이 가고 세월의 무게만큼 무거워진 삶의 덜컹거림에 힘들어합니다.

성공한 사람들은 때를 기다리지 않는다고 합니다.

영감을 얻을 때까지 기다리지 않습니다. 일어나서 행동합니다.

나의 내면을 들여다보고, 내면의 말을 듣는다며 망설이고, 주춤하던 난, 그냥 삶의 위험 밖에 머물고 싶어서 스스로 만들어낸 핑계 속에 갇혀있었던 것인지도 모릅니다. 그 위험구역이 바로 삶의 현장이고 떠나야 얻을 수 있는 자유인데 말입니다.

지금 새로운 라이프스타일에 대한 갈망에 목이 탑니다.

기쁨, 쾌락, 우아함, 안락함 등에 목을 매는 요즘입니다.

사실 자연 친화적 에피쿠리안 라이프스타일을 구현하려면 우선 살 곳에 대한 선택 능력이, 스스로의 경제적 자유가 우선되어야 할 겁니다. 하와이든, 유럽이든, 제주도든… 그곳에서의 윤택한 삶을 위한 준비가 우선입니다.

하지만 지금 난 아직 준비되지 않았고, 그래서 비록 서글프지만, 우울하고 덜컹거리는 일상 속에서 이런 소소한 상상이 며칠을 행복하게 살 활기를 줍니다. 브레인 캔디입니다.

에피쿠리안 삶은 그냥 오지 않습니다.

불확실한 현실을 딛고 즐거운 라이프스타일을 원한다면 모든 것에 옳은 결정을 내리고 즉시 행동할 시기입니다.

'결정의 순간이 왔을 때
최선은 옳은 일을 하는 것,
차선은 틀린 일을 하는 것,

최악은 아무것도 하지 않는 것이다.'

　라는 루즈벨트의 말이 쾌락주의 철학자 에피쿠로스 위에 오버
랩됩니다.

지속 가능한
삶을 위한 고민

"○○아, 너무 무서워. 어떻게 내 인생이 하루아침에 이럴 수 있니….”

친구의 카톡 한마디에 덜컹하고 가슴이 내려앉습니다. 건강한 남편이 갑작스럽게 쓰러져 의식이 없답니다. 그녀의 남편이 세브란스병원의 중환자실에 누워있으리라고는 꿈에도 상상 못 한 일입니다.

우리의 삶은 지속적으로 평안함이 계속되는 것은 불가능한 듯합니다. 덜컹거리고, 진흙탕에 빠지고….

젊은 시절의 엄청난 성공으로 모두가 부러워하는 부를 이루고 수시로 해외를 다니며 평화로운 삶의 스타일을 구가하던 친구가 내게 묻습니다. 우리들 삶에 과연 지속 가능한 것은 있는지….

그녀의 마음처럼 우울한 겨울비가 내립니다.

차가운 한기 속이지만 다가올 봄이 담긴 빗속을 걷습니다. 미세먼지처럼 답답함이 가득한 일주일의 잡다한 생각을 떨쳐내려 안간힘을 쓰는 금요일 저녁을 친구 생각으로 걷습니다.

지친 일상에서 다시 살아갈 회복탄력성의 화두를 꺼내 생각에 빠집니다.

　나의 삶에 대한 통제력은 있는지, 스스로의 존재가치는 있는지, 성공적이지 못한 나날의 일상에서 무엇을 배우는지….

　답이 없는 날 선 물음들 위에 나를 세웁니다.

　누구나 꿈꾸는 행복하고 건강한 삶을 미처 갖기도 전에, 불행하고 병든 노년의 삶 속에 던져질지 모른다는 공포 속에 있습니다. 해결책보다는 걱정뿐인 이것은 급기야 불안증을 넘어 공황장애로 발전할 지경이 되어서야 멈춥니다.

　숨통을 조여오는 불안으로부터 벗어나려고 양재천을 걸으며 친구의 집이 있는 타워팰리스를 올려다봅니다.

　구토를 하듯 불안을 뱉어냅니다.

　YGT- YOU GOT THIS! 일이나 공부로 성취감을 얻은 때 내 자신에게 주던 이 희망 넘치던 말. ‘괜찮아, 넌 해냈어!’가 절절하게 그리운 때입니다.

　아직도 유아기적 사고에 매몰되어 위로와 칭찬을 구걸하는지 모릅니다.

　긍정적인 피드백에 목숨 걸며 주인을 쳐다보는 개들의 눈빛이 지금 내 모습입니다. ‘잘했어’가 아니라 ‘최선을 다했으니 됐어’라는 부정적인 피드백에 익숙해야 성숙한 인간이 되리라는 걸 알지만 쉽지 않습니다.

　지속가능한 미래를 꿈꾸면서도 이 나이 먹도록 ‘해냈어’, ‘잘했어'라는 말을 구걸하고 있습니다.

매번 실수투성이인 삶이고 힘이 될 존재를 찾아서 그들을 옆에 묶어두려 안간힘을 씁니다. 그래야 버틸 수 있을 것 같아서입니다.

오늘 같은 날은 나나 내 친구에게 우울을 희망으로 바꾸는 연금술이 필요합니다.

겨울비 속에서 명징하게 다가온 미래에 대한 불안과 덜컹거리는 현실이 마주친 지금은 고통으로부터 배우고, 비판적인 피드백에서 방법을 찾아야 지속 가능한 삶을 살 듯합니다.

스나이퍼처럼 다가오는 실패나 불행을 피할 수 있는 사람은 없습니다. 그러나 그것 속에 담겨진 기회나 교훈을 볼 수 있는 용기와 현명함만 있다면 좋을 텐데, 쉬운 일은 아닙니다.

살다 보면 살아지는 게 삶입니다. 그러니 삶이 진흙탕 속에 빠졌다면 이를 악물고, 눈물을 머금고 빠져나올 일입니다. 위기는 기회라는 걸 머리로는 알지만, 불행과 걱정에 매몰된 감정은 극복이 쉽지 않습니다.

덜컹거리는 삶에서 균형을 잡지 못한 채 넘어지면, 내게 과연 지속 가능한 미래가 있을까에 대한 극심한 불안감에 휘둘립니다.

테헤란로 한복판에 3~40층의 멋진 건물을 소유한 내 친구 남편의 갑작스런 건강 악화 소식에 가슴이 철렁하고 그것이 바로 내 미래일 수도 있다는 상상에 겁에 질려있는 오늘입니다.

병약한 노후를 맞이할 땐 난 어떨까? 누구에게 의지할까?

답이 없습니다.

1. 잘 보이는 곳에 희망을 걸어두며

주말이면 강남역 지하상가 계단에 껌 몇 개 늘어놓고 젊은이들의 측은지심을 이용해 돈을 버는 노인을 보며 젊은 날 자신의 미래를 책임질 최소한의 경제력을 만들지 못한 것도 죄라는 생각을 하곤 했습니다. 이런저런 사정이 있을 운명의 사람들이겠지만 좋은 모습이 아닙니다.

국가의 복지라는 측면에선 소외받고 배우지 못한 곤궁한 삶들을 위한 대책이 절대 필요하지만 적어도 자기 한 몸 책임질 능력은 있어야 하는 게 기본입니다. 자식들의 문제는 또 다른 문젤 겁니다.

이런저런 사회공학적, 정치공학적 문제가 복잡한 머릿속을 덮칠 때 공허가 밀려옵니다.

인간은 서로에게 기댈 곳이 필요합니다. 공허가 다가오는 날이면 힘이 되어줄 존재가 그립습니다. 삶의 나침반을 잃었을 때, 지금 이대로가 아니라 '앞으로 어떻게'라는 화두가 머릿속을 어지럽힐 때, 현실 속에서 지속 가능한 삶의 방향성을 찾습니다.

남편이 자가호흡 없이 누워있는 병원으로 향하며 무섭고 두렵다는 문자를 보내온 내 친구의 심정이 그랬을 겁니다. 들어줄 사람만 있어도 숨을 쉴 수 있을 것 같다고 했습니다.

내 인생도 예기치 않은 무언가에 걸려 넘어질 수 있음을 압니다. 그 두려움의 시기가 닥친 때 내게 힘이 되어 줄 사람 하나가 있는지 자문합니다. 용기와 삶의 나침반이 될 사람 하나, 글 하나가 절실한 요즘입니다.

그들을 지렛대 삼아, 넘어진 그 자리가 내 삶의 또 다른 전환점이 될 텐데 말입니다.

지금은 삶을 무겁게 하는 불필요한 물건을 버리고, 관계들을 정리해야 할 시간입니다.

단순한 삶에 대한 갈망이 커지고 있지만, 불행히도 단순함이란 전부 아님 전무라는 속성이 있는 탓에 버리기가 겁이 나서 아직 잡은 손을 놓지 못하는 게 많습니다.

꿈은 여전히 출발점 근처에 그대로 있을 뿐인데 나이는 은퇴를 준비하라고 합니다. 정작 가고자 했던 길이 아니라 엉뚱한 길 위에 서 있는 듯한데 이미 청춘은 소멸했습니다. 지속 가능한 삶을 살기를 바라는 내게, 현실은 다시 튀어 오를 회복 탄력성이라는 게 있는지 묻고 있습니다.

지금은 미래를 추측하며 있을 뿐입니다. 이는 스스로 미래를 만들어가는 것에 비하면 아주 형편없는 짓임을 압니다. 다시 열정을 가슴에 품으며, 언제든 내게도 불행이 닥칠 수 있음을 알고 삶에 겸손해지려 애쓰고 있습니다.

추측만 하며 기다리는 수동적인 태도는 눈앞을 스쳐 지나가는 가능성과 기회를 놓치는 행위입니다. 다시 한번 튀어 오를 기회를 갈망합니다.

친구의 불행한 소식에 가슴이 쿵하고 떨어지며 겁이 납니다.
남은 내 삶의 지속 가능성에 대한 질문을 하는 날입니다.

살아갈 날들을 위한 생각

somewhere, someday, 어딘가로, 언젠가는… 처럼 가슴을 먹먹하게 하는 단어는 많지 않습니다. 생각이 많아지는 주말입니다.

남아있는 앞으로의 날들을 어떻게 가치 있게 보낼지… 답이 어렵습니다.

"어서 오세요. 항상 드시는 세트와 카모마일 차 준비해서 드릴게요."

여의천을 산책하며 생각에 골몰하다 청계산 입구의 숏숏까지 왔습니다.

나도 모르게 주인장의 환대와 따뜻함에 반해 그냥 오게 되는 곳입니다.

"네. 아침을 먹으러 왔어요. 청계산은 등산이 아니라 생각에 잠긴 채 걷는 분들이 많은 것 같아요. 시끄럽지 않고 청량한 숲 냄새가 좋은 곳이에요."

내 말에 주인장의 함박웃음이 뒤따라옵니다.

"손님 같은 분들이 오면 이곳에 가게를 열길 참 잘했구나 생각해요. 어서 앉으세요. 자리로 가져다 드릴게요."

주고받은 말에 넘치는 따뜻함이 살아있음에 대한 감사가 되어 계곡의 물소리마냥 청량합니다. 어딘가라는 곳에 꼭 있어야 할 것이 사람의 정입니다.

숲에 풍덩 빠지기 전에 따뜻한 미소에 마음이 푸근해집니다.

삶에 대한 생각에 길을 잃은 듯 헤매다가도 오늘같이 우연히 마주한 따뜻함에 비로소 내가 서 있는 현실을 바라봅니다. 매번 잊고 살며 진흙탕 속에 있다가도, 행복은 잠깐씩 자연 친화적 삶 속에서 얼굴을 내밉니다.

누군가 내게 버킷리스트를 물었을 때, 난 40일간의 산티아고 순례길을 내 발로 걷는 것이라고 말했습니다. 내 허약한 신체를 아는 가족들은 웃음을 머금고 그냥 꿈일 뿐이라며 놀립니다. 하지만 비록 이루진 못해도 인생의 끝 날까지 꿈에 도전하는 삶이었으면 좋겠습니다.

우리가 어디서 와서 어디로 가는지 모르지만 잊지 말아야 하는 건 언제나 우릴 감싸는 건 자연뿐이라는 것입니다. 한 줌 흙으로 돌아가는 우리니까요.

유쾌하게, 우아하게joyful, graceful…가 행복, 성공happy, success을 대체하는 삶의 변곡점 위에 서 있습니다.

인생이라는 학교에서 마음을 읽어내기가 쉽지 않은 요즘입니다. 내가 진정으로 원하는 게 무엇인지 모르겠습니다. 그래서 젊은이들에게 '네가 좋아하는 일을 해라'식의 무의미한 말을 접은 지 오래입니다.

인생의 출구전략을 짤 때가 다가와서야 젊어서 보지 못한 많은 것들을 보고, 느끼며, 생각하는 게 많아졌습니다. 후회보다는 아직 남아있는 살아갈 날을 위한 생각에 몰입하려 합니다. 삶의 품격을 생각하는 시간입니다. 삶이란 성공이 아니라, 성장의 드라마라는 말에 위로를 받습니다.

언제나 골몰하던, 어떻게 하면 성공할 것인가에서 어떻게 살아갈 것인가로 바뀌는 시간 위에 서 있습니다.

인간적인 성숙은 자신의 결점을 있는 그대로 인정하고 스스로 약점을 극복하는 과정을 통해 얻어집니다. 더 나은 인간이 되기 위한 노력에 집중할 시간임을 알고 있습니다. 죽음과 질병과 온갖 삶의 덜컹거리는 사건들은 능력 위주의 성공을 강조하며, 시간의 효용성에 목숨 걸던, 삶의 태도를 겸손하게 합니다.

죽음이란 곳을 향해 가고 있는 삶의 여정 위에서, 누구나 가는 이 길을, 아무 일도 없었던 듯 조용히 가려면 어찌해야 하는지를 고민하는 시간입니다.

동생의 남편은 많지 않은 나이에 대장암이라는 청천벽력의 진단을 받고 2년을 죽음이라는 공포와 싸우다 죽었습니다. 갑자기 쓰러진 친구 남편은 자발적 호흡이 없는 식물상태로 중환자실에 누워있고 회복되어도 아마 타인에게 의지한 삶을 살게 될 것입니다. 죽음에 대한 공포나 인지도 없는 자아가 망각된 치매의 삶은, 또 다른 공포입니다.

어떤 게 조금은 나은 죽음의 출구 방법일까요?

죽음이 삶을 생각하게 합니다. 어떻게 살아야 할까….

부지불식간에 찾아오는 질병과 사고, 그리고 죽음은 공포입니다.

해결할 수 없는 두려움을 이기는 방법은 그 두려움을 온 힘으로 껴안는 것뿐입니다. 물에 대한 공포는 수영을 하며 온몸으로 물을 껴안음으로 극복할 수 있는 것과 같습니다. 질병이나 사고 등 온갖 고통을 통해 오는 삶이 주는 공포는 자연을 온 힘으로 껴안는 그 품속에서 해소됩니다. 겁에 질린 나이에 생각하는 지속 가능한 삶의 행복은 자연 가까이에 존재하는 듯합니다.

자기 홍보 과잉의 젊은 시대를 지나왔습니다. 내가 나를 파는 광고를 하지 않으면 생존할 수 없고, 물질적 풍요 속에서 개인의 능력이 우선시되는 시대에 자기 PR은 필수입니다. 자기중심주의가 극대화된 시기를 살다 나이가 들고 독립적인 삶이 무너지는 순간이 오면 찾아오는 공포는 상상을 초월합니다.

누구에게나 예외 없이 닥칠 수 있는 불행 앞에서 살아갈 날들에 대한 답이 없는 물음만 계속됩니다.

불안을 온몸으로 껴안을 방법을 찾습니다.

말기 암이라는 죽음의 공포와 싸우면서 의식이 있는 게 더 괴로운지, 아님 치매를 앓으며 공포도 인지도 없으면서 돈과 타인에 의존해서 살 수밖에 없는 식물인간의 긴 날이 더 공포인지, 답이 쉽지 않습니다.

하지만 우리 모두는 매 순간 살아있는 날들이 주는 작은 기쁨과 축복을 잃고 싶지 않습니다.

삶의 절박한 순간에 누군가 쪽지를 써서 바다에 띄우고, 해안가에 도착한 그 유리병 속의 편지를 또 다른 이가 받아들고 감동하듯, 삶의 고비 고비에서 살아갈 날들을 위한 작은 기쁨을 찾고 싶어 합니다.

무슨 일을 하는가가 아니라 어떤 모습으로 존재하는가가 중요하다는 것과 더불어 살아가는 삶 속에서 고유한 나만의 향기와 아우라를 가져야 한다는 것이 요즘의 나의 과제입니다.

겸손과 절제로 무장해야 할 시간을 살고 있습니다.

우리들 모두는 누구나 비틀린 목재처럼 결함을 지닌 존재입니다. 이렇게 결함 있는 내적 자아와 싸우며 스스로를 단련하며 불안과 싸울 수 있다면 덜컹거리는 인생을 성공적으로 살 수 있습니다. 수시로 무너지면서도 살아남을 수 있는 위로를 찾습니다.

영원히 우리에게 그리움으로 다가오는 것이 자연의 품, 가족의 곁, 지난 추억의 뜰이라는 것을 알게 됩니다.

품, 곁, 뜰이 살아갈 날들을 위한 치료제라고 누군가는 말합니다.

삶의 남은 소명은 무엇인지, 인생의 calling을 다시 생각합니다.

결혼을 해서 가족을 갖든, 이혼을 하든, 결국 혼자 떠나는 여행길이 인생입니다. 누굴 위한 삶도 아니고 누구도 대신 할 수 없는 나 혼자만의 여행길입니다. 다양한 역할 모델 속에서 자식으로, 부모로, 배우자로 살아가지만 헌신해야 할 역할들 속에서도 오롯이 나일 뿐입니다.

인생의 마지막 장면을 떠올립니다. 죽음의 공포에 떠는 암환자로 떠날 수도 있고, 아무것에도 인지가 없는 치매노인으로 삶을 마감할 수도 있습니다. 그 마지막 장면을 기억한다면 오늘을 어떻게 살아야 하는지, 어떤 모습으로 남아있는 날들을 맞이해야 할지 생각이 쉬워집니다. 자연을 껴안듯 삶을 껴안으라는 게 오늘의 느낌입니다.

살면서 부딪치는 수많은 한계들과 해결할 수 없는 불행들 앞에서 무기력해지고 비참해지지만, 마음속 꽁꽁 언 바다를 깨뜨리는 도끼 같은, 새파랗게 날 선 깨달음의 순간을 잊지 않으려 합니다.

똑같은 하루지만 '다시 시작'이라고 생각하는 것은 더 나은 살아있는 시간을 위한 다짐입니다.

지독한 우울에 잡아먹히지 않기 위한 발버둥을 이젠 그만두려 합니다.

코로나블루, 자가격리, 언택트, 사회적 거리라는 신조어들이 꽉 찬 일상 속에서 고귀함을, 즐거움을, 우아함을 생각합니다.

자가격리를 통해 사회가, 거리두기를 통해 사람들이, 우리가,

스스로를 격리시켰습니다.

자연의 품, 가족의 곁, 지난 시절 추억의 뜰은 격리된 우리를 구원하는 것들입니다.

청계산 찻집의 달콤한 군고구마 맛을 음미하며 그곳을 나와서 계곡 길을 걷습니다. 잠시 자연의 품속으로 더 들어가고픈 날입니다. 어린 아기가 엄마 품속을 파고들 듯……

코비드-19 시대의
자가격리 경험

　14시간의 비행 끝에 도착한 인천공항에서의 생경한 경험들. 우리보다 앞서 도착한 델타항공 승객들의 긴 줄 뒤에 섰습니다. 보스턴발 대한항공 중에선 제일 일찍이었는데도 언제 차례가 올지 모르는 지루함을 인내해야 했습니다.

　멀리에서 빡빡이 머리의 젊은 군인들로 구성된 공항 수속 지원팀이 바삐 움직이고 있었습니다. 모두 스마트폰을 비롯한 디지털 기계에 익숙한 세대이고, 난 올드 아날로그 세대입니다. 14일간의 사회적 격리를 버티며까지 이 나라에 들어올 외국인은 없는 듯 모두가 젊은 내국인입니다. 동행한 아들의 익숙한 손놀림의 앱 설치와 서류작성이 없었으면 난 젊은 군인 친구들을 몹시 귀찮게 했을 것입니다.

　긴 시간을 지나 끝도 없이 이어지는 수속도 끝나고, 마침내 출구 게이트.

　긴 호흡으로 마스크 속 공기를 들이마십니다. 지방별로 귀향하려면 또다시 방역 버스를 기다려야 하는 공항을 뒤로하고, 떠날 때 차를 주차시킨 단기주차장 서편135를 향해 뛰어서 빠져 나왔습니다.

올림픽대로의 퇴근길 정체를 감지한 친절한 네비 아가씨 덕분에 송도신도시를 통해 내곡으로 들어오니 오후 7시, 밤입니다. 온종일 비행기 멀미에 먹지 못한 배고픔은 관악 터널쯤 미리 쿠팡으로 배달시켜 놓은 족발로 해결했습니다. 아날로그 세대인 나의 첫 배달 음식 경험입니다.

이른 아침에 서초 보건소로 가서 코로나 검사를 받습니다. 시민권자인 아들은 떠나기 전 보스턴 월그린에서 72시간 전에 한 코비드 음성 판정서를 받아들고 왔지만 이곳에 들어와선 또다시 해야 합니다.

이젠 모든 동선이 아파트 안에 국한됩니다.

일터로부터 강제 격리되어 한 번도 주중의 오전 시간에 있어 본 적이 없는 집에서 맞는 낯선 일상에 경기를 일으키며 답답해 하진 않을까 두려웠습니다.

음식 하나 시킬 줄 모르는 나를 위해 스마트폰 세대인 아들이 든든하게 함께 격리되어 주고 먹을 것은 쿠팡이츠로 해결하고, 방역 당국과 관련된 모든 앱과 수신받을 수 있는 정보에 대한 걱정도 덜게 했습니다.

시간을 보내기 위해 미리 쌓아둔 책들과 컴퓨터가 날 위로합니다.

이젠 모든 세상과의 소통은 카톡과 전화뿐입니다.

내가 떠나온 뒤 월요일의 바쁜 병원 일을 마치고 퇴근하는 보스턴의 닥터 오 전화가 세상과 연결됐음을 알립니다.

"잘 도착하셨어요? 여기 보스턴은 스노우 스톰이 덮쳐서 프리웨이가 엄청나요. 영하 20도쯤 될 거예요. 첫 심장수술에 기진맥진입니다. 집에 가서 와인 한잔해야겠어요."

꼬박 10시간의 수술을 서서 견딘 후 몸과 정신이 파김치가 된 듯합니다. 힘들고 긴장된 하루를 보내고 퇴근하는 젊은 의사의 진한 피로가 화상통화 위에 짙게 쌓여있습니다.

"얼음판일 텐데… 495 프리웨이 운전에 집중해. 우린 괜찮아. 돌아온 지 몇 시간인데 벌써 아득하게 오래된 듯해. 넌 보스턴, 난 한국…."

그렇게 우린 헤어져 다른 세상에서의 새로운 일상이 기다리는 곳으로 들어왔습니다. 전혀 경험 못 한 14일간의 격리, 세상과의 단절입니다.

이른 아침엔 내 친구의 힘없고 지친 전화 목소리가 코로나 선별검사를 위해 집을 나서는 발걸음을 잡았습니다.

"○○아, 잠을 못 자서 스틸록스 처방을 받고 와인을 조금 마셨는데 가슴이 너무 뛰어서 힘들어. 어찌하면 좋니? 네게 갈 수도 없고…."

"저런, 집 앞의 신경과 선생님에게 얼른 가. 난 오늘부터 자가

격리야."

"내 삶이 왜 이러니? 어쩜 이럴 수가 있니?⋯⋯."

"⋯⋯어쩌니, 힘들어서⋯."

무슨 말로도 위안이 될 수 없음을 알기에 듣기만 하고 있습니다.

그녀의 말대로 모든 것이 한순간입니다.

성공한 사업가 남편이 쓰러지니 그 방대한 회사 일들의 처리에 친구마저 쓰러질 듯합니다. 아무런 경고도 없이 갑자기 닥친 쓰나미 같은 가족의 불행 앞에 선 그녀의 심정을 누구도 쉽게 가늠할 순 없을 듯합니다.

산다는 게 무언지 생각에 빠집니다. 죽음이, 불행이, 다시 삶을 생각하게 합니다. 14일을 강제된 격리 속에 있으면서 두고두고 난 이 문제를 되씹어 볼 듯합니다.

젊은 시절의 수많은 시행착오와 삶의 연습이 끝나고 최고의 인생이 시작될 나이에 접어들었는데 예고 없이 삶의 덜컹거림으로 인생이 진흙탕에 빠지면 어찌하나 두렵습니다.

꽃과 풀냄새를 맡고, 발로 걸어보는 산책길과 만지고 껴안을 수 있는 것에 삶의 기본을 둔 아날로그 세대인 내가 바깥출입이 안 되면 공황장애는 없을지 벌써 걱정입니다. 직접 스타벅스 가게에 앉아서 마시는 아메리카노 대신, 봉지 커피를 탄 머그잔을 책상에 놓으면 어떨지⋯ 옷장에 걸어둔 원피스나 코트 대신 츄리닝 차림으로 일과를 보낼 때 과연 내게 어떤 의미로 일상이 다가올지….

궁금하기도 하고 두렵기도 합니다.

우리 앞에 일어나는 모든 일엔 음과 양이 있습니다.

우리가 이해할 수 있는 것은 단지 지나간 삶뿐입니다. 우리 앞에 놓인 삶은 이해하려 들지 말고 그냥 살아내는 것이라는 말에 동의합니다.

길 너머 도곡동의 내 친구를 향해 위로의 말을 보냅니다.

죽음을 통해 우리가 배우는 것이 죽음이 아니라 삶이듯, 불행을 통해 배우는 것은 밝은 빛을 발하는 행복에 대한 생각의 확장성이라는 것을….

코로나 시대의 자가격리가 혼동스러운 생각의 회오리 속으로 나를 끌고 가고 있습니다.

소우주로서의 별들

서초구청의 선별진료소를 다녀왔습니다.

영하 6도의 날씨에 건물 사이의 칼바람은 영하 20도는 될 듯 했습니다. 그곳에 서서 안내와 검사채취를 하는 눈빛이 선한 젊음들을 보며, 자가격리 직전에 접촉하는 일상의 마지막이 이들이라는 게 반가웠습니다.

"반짝이는 별빛들

깜빡이는 불 켜진 건물

우린 빛나고 있어

각자의 방 각자의 별에서…"

BTS의 소우주라는 노래가 검사를 기다리는 이어폰에서 흘러나옵니다.

지금은 젊은 그들의 시대입니다. 반짝이는 별처럼 아름다운 그들이 겨울 칼바람 속에 서 있습니다.

기성세대로서 나의 막중한 책임은 가능한 많은 수의 젊음들이 일할 직장을 만들어야 하는 게 사회적 소명이 아닌가 하는 깊은 생각을 하게 됩니다.

가끔 느끼던 그들에 대한 편견, 버릇없고 이기적이고 무례하다는 생각이, 아주 일부의 젊은이들이었을 뿐이라는 걸 오늘 깨닫습니다. 대다수의 젊은이들이 이렇게 각자의 일터에 박혀 보석처럼 빛나고 있음을 봅니다.

그들의 고민과 갈등을 왜 모르겠습니까?

일을 하며 벌 수 있는 돈은 충분치 않고 끊임없이 성장하고 성공해야 한다는 강박증에 시달리고 있음을 압니다. 노동의 가치는 낮아지고 자산가치가 높아지면서 폭탄 돌리기 같은 주식이나 가상화폐 시장에도 끼지 못했다며 절망하는 젊음들이 많음을 압니다.

그래도 손발이 어는 추운 날씨에도 일터에 박혀 웃으며 일하는 그들이 보석같이 빛나고 있음을 오늘 보았습니다. 그들은 BTS가 노래하는 소우주입니다.

검사를 마치고 오랜 격리 동안 못 볼 강남대로를 통해 집에 와서는 드디어 낯선 공간과 마주했습니다.

일상의 멈춤 속에서 14일간을 오직 이 공간에 갇혀 유리창을 통해서만 바라보아야 하는, 한 번도 경험 못 한 세상과 부닥뜨렸습니다. 백 년 전의 스페인독감 팬데믹이 이랬을 것입니다.

질병이나 불행과 부딪쳤을 때 비로소 평범했던 일상의 소중함이 마음에 들어오듯, 사회적 격리가 가져오는 내적인 성숙도 있을 겁니다. 기한이 정해진 격리라는 게 위안을 줍니다. 14일, 100일, 2년, 20년의 판결로 구속된 사람들이 견디는 방법과 별로 다르지 않을 거라 생각합니다.

이번 내 보스턴행은 관광객이 아닌 여행객으로서였습니다. 피치 못할 볼일 때문이었지만 삶을 여행하듯 만나는 일상을 기억하고 싶었습니다.

보스턴의 눈보라, 추위까지 눈과 마음에 담아두어 돌아와서 14일을 견딜 정서적 휴가지를 만들고자 했습니다. 격리 전 마지막 일상 속에서 젊은 선별소 직원들에게 깊은 감사와 반짝거림을 보며 돌아온 것도 행운이었습니다. 일상적인 일로 구청을 갔었다면 결코 보지 못했을 그들의 반짝거림이었습니다.

코로나 격리를 통해 은퇴, 질병, 죽음을 통한 진짜 삶으로부터의 격리를 깊이 생각하게 됩니다.

우린 언젠가 죽습니다. 소우주로서의 별들의 소멸입니다.

삶의 마지막 순간에 침상 옆 모니터에서는 빕…빕…빕… 소리가 나고, 심장박동이 느려지고 힘이 빠집니다. 그리고 침상에 누운 우린 살아온 삶을 돌아볼 겁니다. 움직일 수 없고 의식이 혼미해 가는 침상에 누워 사랑하는 사람들이 슬피 오갈 때 우린 무슨 생각이 들까요?

이런 생각들이 갑자기 마음과 심장을 뚫고 지나갑니다. 이 모든 과정을 우리는 희미해지는 의식 속에서 겪을 것입니다.

1. 잘 보이는 곳에 희망을 걸어두며

삶이 끝나는 날의 마지막에 듣게 될 소리가 부디 요양병원 속 시끄러운 생명 연명 기계 소리가 아닌, 보석 같은 젊음들의 소리였으면 좋겠다는 생각을 합니다.

삶에서의 불필요한 요구와 의무에 지친 때, 다른 이의 기대를 무시하고 내 의지에 의한 선택을 우선시해야 합니다. 삶의 마지막을 내가 결정할 수 있었으면 좋겠습니다. 그러나 질병과 죽음은 경고 없이 다가오고 대부분의 우리는 주변의 가족들에게 삶의 마지막 결정권을 주게 됩니다.

지쳐서 떠난 여행에서의 강렬한 인상도, 그곳에서 느꼈던 깊은 단상들도, 일상으로 돌아오면 기억과 빛을 잃고 맙니다. 소우주로서의 빛을 잃지 않기 위해 애쓰지만 죽음처럼 기억의 소멸도 어쩔 수 없습니다.

강제된 격리를 통해 보고 듣고 느끼는 이 희소성 깊은 감상도 일상에 복귀하는 순간 잊혀지고, 각자의 자리에서 열심히 일하는 젊은이들의 반짝거림도 마음으로 보지 못할 것임을 압니다.

우리의 모든 감정들은 일회성으로 그치고, 반복되지 않는 기억들은 쉽게 잊힙니다. 삶의 매 순간을 여행객으로 살 순 없습니다. 우리의 일상은 나름대로의 규칙을 갖고 집중하길 요구하기 때문입니다.

보스턴을 가서 젊고 패기에 찬 오경 선생을 보는 것은 계획이지 여행의 목표일 수는 없었습니다. 삶의 목표를 정해 따라가듯 여행의 목표를 정해 그것이 주는 결실을 맛보는 것이 올바른 여행의 태도임을 알지만 이번엔 얼굴이라도 보고 오겠다는 계획뿐이었습니다.

그곳에 도착해선 동부의 유명 관광지 대신 사랑스런 젊음들과 브라운 대학병원의 일터를 돌아보고, 기억할 만한 무언가를 그들의 손을 잡고 하고, 내가 좋아하는 브랜드의 안경테를 사고, 딘딘이라는 한국 김밥집에 앉아서는, 로드아일랜드 프로비던스 작은 도시에 한국식당을 개업한 이는 누굴까를 생각했습니다.

그들이 준비한 뉴버리 포트의 빅토리안 호텔에서는 한겨울 혹한에 따뜻한 자꾸지에서 와인을 마시고, 수다처럼 뱉어내는 대화 속에 반짝이는 그들의 꿈과 야망을 듣는 아름다운 여행의 추억이 이번 격리를 이기게 하는 백신이 될 것임을 압니다.

젊은이들과의 어울림 속에서 끌어낸 내 생각의 확장성은 또 다른 선물입니다.

소우주로서의 반짝이는 별들이 그곳에 있습니다.

비록 여행에서 돌아오는 순간, 일상으로 다시 돌아가는 순간, 이 모든 생각과 느낌들이 빛을 잃고 잊혀지리라는 것을 알지만 언제든 삶에 지칠 땐 다시 여행객이 되어 일상의 틀을 잠시 빠져 나와야 함을 배웁니다.

여행객이 되면 알게 되는 것은 세상에 대한 지식, 떠나온 내 집에 대한 고마움, 그리고 주변에 대한 새로운 발견입니다.

여행 후 공항에 도착하는 순간 몸은 피곤하고 피하고픈 일상의 문제들은 붙박이 가구들처럼 그대로 남아 있습니다. 그러나 여행의 기억을 해치진 않습니다.

인생은 혼자 떠나는 여행입니다. 내 짐을 타인에게 들어달라 할 수 없고 남의 계획대로 할 수 없는 게 여행, 삶입니다. 일상 속에서 삶의 빛이 소멸을 향해 갈 때 필요한 게 여행이고, 그것을 통해 다시 빛이 밝아옵니다.

일상에 매몰되어 있던 것들을 여행을 통해 새로운 눈으로 볼 수 있는 힘을 얻습니다.

인생이라는 높은 산을 오르는 3가지 방법은 방향을 제대로 알고, 포기하지 말고, 서두르지 말고 오르는 것입니다. 그 힘들고 지친 과정에 여행은 짧은 휴식을 주고 세상을 다시 보게 합니다.

"어쩜 이 밤의 표정이 이토록 아름다운 건

저 별들도 불빛도 아닌 우리 때문일 거야

난 너를 보며 꿈을 꿔

칠흑 같던 밤들 속

서로가 본 서로의 빛

같은 말을 하고 있었던 거야 우린…"

– 소우주

여행이 아니었으면 보지 못했을 소우주의 별들, 아름다운 젊은이들을 봅니다.

보스턴
– 새로운 장소의 중독

로건 공항에 내린 시간이 아침 9시. 멀미를 참으며 공항버스를 타고 자동차 렌탈회사에 들어갔습니다. 인터넷으로 예약한 것과 다른지 이야기가 길어지고 빨리 가자는 내 재촉에 우리 앞에 나타난 건 덩치가 어마어마한 마초형 트럭이었습니다. 국제 면허를 가져갔지만 도저히 난 그 차를 운전할 수 없었습니다.

14시간의 멀미로 지친 우린 쫓기듯 공항을 빠져나왔습니다.

서서히 멀미가 가라앉고 뉴잉글랜드의 풍경이 눈에 들어왔습니다.

미국 역사의 자취가 밴 보스턴의 긴 공항 터널 끝에는 전형적인 미국 동부 겨울의 스노우 스톰이 우릴 기다리고 있었습니다. 엄청나게 퍼붓는 눈 속에 있는 동부 특유의 집들과 나무들이 크리스마스 카드에서 튀어나온 듯 아름다웠습니다.

1시간여를 달린 495 프리웨이 끝, 벨링햄의 찰스 아파트단지에 도착했습니다. 내 인생의 훈장인 경과 은지의 거처입니다.

메사추세츠 병원 마취과 레지던트와 브라운 대학병원 소아과

펠로우입니다.

코비드 팬데믹에서 미루고 미루던 결혼식도 하지 못한 채, 겨우 근처 타운홀에 가서 결혼증명서 받는 걸로 혼인 서약을 하는 게 안타까워서 나는 한국에서의 14일 자가격리라는 위험을 무릅쓰고 보스턴행을 결정했습니다.

반가운 만남으로 시간을 보낸 후, 24시간의 병원 콜을 마치고 돌아온 경과 월차를 낸 은지와 함께 95번 프리웨이 끝의 뉴버리포트로 갔습니다. 플럼 아일랜드가 있는 대서양 해변의 리조트 마을입니다. 에섹스 인이라는 전통적인 빅토리안 스타일의 부틱 호텔에 여장을 풀었습니다.

좁은 통로에 삐걱거리는 바닥. 나무계단을 통해 올라간 앤틱가구의 침실과 전등이 시간을 거슬러 올라간 듯하고, 아파트에 익숙한 내게 벽난로가 타고 있는 방이 너무나 마음에 들었습니다.

올드타운 쇼핑 스트릿은 코비드의 영향으로 한산했지만 예쁘고 세련됐습니다. 사람의 온기와 적당한 활기가 그리웠던 우린, 5분 거리의 터스칸 그릴에 들어서고, 생동감으로 활기찬 사람들로 채워진 아늑한 레스토랑의 분위기에 마음이 따뜻해졌습니다.

사회적 동물인 인간들에게 사회적 거리를 두며 서로 보지도 만지지도 못하게 하는 격리가 참으로 생경했던 지난 일 년이었습니다. 그토록 그리워하던 사람들의 따뜻한 분위기가 그곳에 있고 맛있는 음식과 따뜻한 환대에 행복했습니다.

뉴잉글랜드 호스피탈리티입니다.

테이블로 서빙된 오이스터와 클램에 레몬을 뿌리고 타바스코를 더해 먹는 그 신선함. 음식으로 행복하긴 정말 오랜만이었습니다.

캘리포니아에서 한국으로 돌아간 후 정말 그리웠던 분위기입니다.

먹고 자고 일상을 같이하는 데에는 '누구와 함께'가 중요하다는 걸 깨닫고 있었지만, 다시 한번, 가장 소중하고 자랑스러운 젊은이들과, 세련되고 아늑한 레스토랑에서, 보살핌을 받으며 하는 식사가 삶의 기쁨을 주었습니다.

우리들 삶에서 만나는 많은 고통과 고민, 불행들은, 이런 일상의 소소함에서 얻는 잔잔한 기쁨으로 치유된다는 것을 확인한 자리였습니다.

행복하려고 일하고 노력한다는 내게, 살기 위해서 행복감을 느끼는 존재가 되라고 누군가는 말합니다.

좋은 곳에서, 잘 먹고, 안전하다고, 느끼는 감정이 행복이라는 말을 난 이해하지 않으려 했습니다. 내게 행복은 언제나 무지개 너머의 성공에 있었습니다.

그런데 이런 소소함 속에서 행복을 느끼다니…….

행복은 왜 그리도 짧고 빨리 없어지는지도 이해하고 싶지 않았고, 그 허망함에 마음을 주고 싶지도 않았습니다.

하지만 행복이 오래 지속되면 그 종이 멸종된다고 합니다. 그럴지도 모릅니다. 이런 소소한 행복도 반복되고, 지속되면 더 이상 그건 행복이 아닙니다. 일상이 되고, 우린 더 높은 내성의 쾌락을 원할 테고, 그리고 파멸일 겁니다.

'살기 위해 행복함을 느낄 것.'

보스턴 여행이 주는 가르침입니다.

'불행한 느낌이 들 때, '난 억울해'라고 하지 말고, '이걸 이겨내면 행운이 올 거야'라고 할 것.'

마르쿠스 아우렐리우스의 말을 기억하라고 뉴버리 포트의 바다가 말합니다.

인생은 기다려주지 않습니다. 변하고자 하는 의지가 크면 어려움은 크지 않습니다. 세상을 내가 추구할 가치가 있는 것과 없는 것으로 나누려 합니다.

'비참한 기분이 들 땐 한 발 뒤로 물러서자. 훨씬 뒤로 가자. 거기서 있는 그대로를 보자.'

대서양 바다 앞에서 저녁을 먹으며 든 생각입니다.

강한 의지로도 극복하기 어려운 정신적 피로감과 무력감, 불안과 우울감을 가져온 게 요즘 코로나의 일상입니다. 오르기는 힘들지만 내려가는 건 한순간인 삶의 여정에서 되도록 한 번만 실패해야 한다는 교훈을 가슴에 새기며 있습니다.

인생의 주제를 찾으려 하지 말라는 말이 맞습니다.

레스토랑을 나와 뉴버리 포트의 눈밭을 걸으니, 별은 총총하고, 시리도록 밝은 새파란 달이 밤하늘 속에서 우릴 반깁니다. 미세먼지라는 용어조차 생소한 이곳, 대서양연안의 작은 도시 밤하늘이 깊은 청색 빛이었다면 상상이 될까요?

함께 있는 젊음들에게서 뿜어져 나오는 개개인의 유일무이한 현존성의 아름다운 아우라에 감염된 탓도 있을 것입니다.

5년 후, 10년 후의 모습이 기대되는 아름다운 젊은이들이 이곳 보스턴 병원에서 그들의 미래를 만들며 숙성되고 있습니다.

반딧불처럼 반짝반짝 빛을 내고 있는 그들이 세상을 비추는 빛이 되길, 눈밭에 서서 기도하는 밤입니다. 그리고 젊음이 지나간 내 모습을 돌아봅니다.

내게서 뿜어져 나오는 존재의 아우라는 어떤 모습일지….

삶의 향기에 대한 상념이 깊어지는 밤입니다.

오늘을 살아가는 나와 저 빛나는 젊음들….
우리 모두를 위하여 건배!

따뜻한 환대와 음식을 가진 대서양 연안의 보스턴.
새로운 장소에 중독된 난, 많은 순간 힘들고 견디기 어려울 때
이곳을 생각할 겁니다. 때로는 무작정 달려오고 싶은 공황장애
를 느낄지도 모릅니다.

코로나 블루 속 일상

"핫 아메리카노에 얼음 두 개시죠? 요즘은 거리두기 3단계라 매장에 앉으실 수가 없는데…."

"괜찮아요. 테이크아웃 컵에다 주세요."

주말 아침 스타벅스에서 갖는 나만의 시간이 없어졌습니다. QR 코드를 찍어도 매장에 앉는 건 금지되어 있습니다.

점심엔 우울함을 떨치려 메리엇 호텔 식당을 찾았는데 사람이 주는 쾌활함은 없고 투명 칸막이를 두고 적막함 속에서 혼자 있는 테이블에 안내되면서 마음은 더 가라앉았습니다.

"딤섬 세트에 사비뇽 와인 한 잔 주세요."

아름답고 세련된 인테리어를 자랑하는 레스토랑이었는데, 낯선 칸막이와 말소리를 내면 눈총을 받는 풍경이 생경합니다. 마치 조지오웰의 소설 속으로 들어온 듯합니다.

밥을 먹기 위해서가 아니라 사람들끼리의 따뜻한 마음의 교류와 환대가 필요할 때 찾는 곳이었는데 정말 낯설었습니다.

한 시간도 앉아있지 못하고 지하로 내려와서 딘 앤 델루카에 들러 좋아하는 사와도우 빵과 잼을 사서 돌아왔습니다.

일에 지친 머리를 비워야 하는 주말을 전혀 위로가 되지 않는 우울함으로 보내고 있습니다. 일주일 내내 진료실에서 갇혀 온 갖 골치 아픈 일에 시달리며 지내다 유일하게 걷고 사람을 보는 외출인데 가는 곳마다 앉을 곳을 막아놓고 집으로 돌아가 혼자 조용히 박혀 있으라 합니다.

보통이, 일상이, 뒤틀린 이상한 시간을 살고 있습니다. 코로나 시대의 풍경입니다.

코로나 블루가 삶과 인생에 대한 많은 걸 생각하게 합니다.

나이가 들면서 젊음이 가고, 시대의 변화에 뒤처지면서 설 곳이 없어지는 것도 지금과 다르지 않을 것 같습니다.

더 발전할 수 있었을 많은 것들을 포기해야 하는 나이가 되고 역동성이 소멸되는 시기가 조만간 닥칠 것입니다. 그러면 의존적인 삶을 살아야 하고, 가는 곳마다 노인들에 대한 거리두기로 설 자리가 없어질 겁니다. 이런 노화에 대한 두려움이 코로나 블루와 겹치면서 공포로 다가옵니다.

아직은 온 힘을 다해 몰입할 일과 직장이 있고, 그 속에서 일어나는 크고 작은 사고와 불행에 힘들어합니다. 세상을 탓하고 부조리한 제도에 화를 내지만 변화를 꿈꾸는 한 나는 아직도 성장하고 있다고 믿습니다.

열심히 일하며 사는 동안 내가 당하는 고통과 불행은 어쩌면 우연을 가장한 필연이었을 것입니다. 내가 재수가 없어 걸려든 게 아니라 필연으로 내게 올 수밖에 없던 불행과 괴로움들이라고 받아들입니다. 난 그것이 성장의 비탈이라 믿습니다. 성장하는 한 고뇌는 어쩔 수 없다고….

우리들 삶은 약육강식이 지배하는 초원과 닮았습니다. 초원에서는 살아남은 자가 강한 존재입니다. 용맹했던 리더인 수컷 사자도 나이가 들면 젊은 사자에게 밀려 홀로 남겨지고 야생의 밥이 됩니다.

세렝게티 초원을 찍은 다큐를 보면 사자는 최상위의 포식자입니다. 거대한 몸집에 용맹합니다. 그 옆의 표범은 좀 작지만 날쌔고 민첩하며 그 밑의 하이에나는 영리한 머리로 살아남습니다.

행동이 민첩한 표범은 가장 많은 사냥감을 잡지만 힘센 사자에게 빼앗기고, 교활한 하이에나에게도 빼앗겨서 자주 배가 고픕니다. 그러나 나약하지 않은 표범은 강인한 민첩함으로 대지에서 입지를 굳히고 살아남습니다.

표범에게서 배우는 교훈이 있었습니다. 심사숙고해서 현명하게 먹이를 잡을 것, 사자에게 빼앗기는 상황에 불평하며 대들지 말 것, 그리고 살아남을 것….

이 모든 것이 초원에서 일상으로 일어나고 있습니다. 코로나 시대 혼돈의 뉴노멀이 세렝게티를 생각나게 합니다.

사회적 거리를 두고 집에 돌아가 혼자 머물고 타인과 어울리지 말 것. 산책을 해도 마스크를 벗지 말고 2미터 간격을 두고 걸을 것….

이 정신 나간 시대의 일상을 다음 세대는 과연 어떻게 기억할지 궁금합니다.

우린 슬픔과 고통을 통해 성장합니다. 코로나라는 역병이 덮친 이 시대의 혼돈과 극도의 불안감도 마찬가지입니다.

그것이 갖는 네거티브 에너지가 부디 다음 성장을 향한 동력이 되길 염원하고 있습니다. 성장을 위해 내게 온 고통이라면 기꺼이 말없이, 묵묵히, 받아 가슴으로 삭히겠다고 버티겠다고 다짐하고 있습니다. 우리가 잃은 것은 어떤 것이든 다른 형태로 우리에게 돌아올 것입니다. 일상이 무너진 곳에선 살아남은 자가 강한 것입니다.

이렇게 힘들고 삶이 덜컹거릴 때는 희망을 가장 잘 보이는 곳에 걸어두어야 합니다. 넘어지면 얼른 잡고 일어날 버팀목이니까요.

TV에 비친 중국 우한의 통제된 거리, 아시안이면 전부 중국인으로 알고 온갖 위협을 해대는 유럽과 미국 뉴스를 접하며 인간에 대한 사랑 없이 강해지는 게 얼마나 위험한지를 경험하는 요즘이기도 합니다.

스마트폰의 GPS 하나로 동선을 구속하고, CCTV, AI가 내 모든 개인정보를 노출하고 있습니다. 어느 곳에도 나를 숨길 곳 하나 없는 문명의 정글에 들어선 두려움을 느낍니다.

코로나로 확진된 사람들의 고통이 절규처럼 쏟아지는 세상입니다. 사랑 없는 인간들의 사회는 더없이 폭력적입니다.

무심히 던진 돌에 개구리가 맞아 죽듯 자신도 모르게 확진된 이들에게 온갖 올가미를 씌워놓은 프레임 안에서, 그들은 덫에 걸렸습니다.

피해자이면서 가해자라는 도저히 설명이 안 되는 마녀사냥. 나만 아니면 된다는 극단적 이기심과 '너 때문이야'라는 피해망상적 책임 전가….

무서운 시대를 살고 있습니다.

상식이 무너진 시대엔 상처 없이 살아남기가 쉽지 않습니다. 그래서 두렵습니다.

인간에 대한 사랑이 없는 무관심이 얼마나 위험한지, 그렇게도 답답하던 우리의 소소한 일상이 얼마나 소중했는지, 축복이었는지, 그리고 건강하게 살아있음이 얼마나 다행인지를 그 '특별했던 일상들이' 사라지는 날이 오자, 깨닫습니다.

'특별했던 일상'을 잃어버리는 사건 앞에 서니, 살아남는 길은 오직 고요함을 잃지 않는 태도이며, 이것만이 걷잡을 수 없는 불안감을 낮추고 있음을 몸으로 경험하고 있습니다.

말이 멈춰진 고요. 스마트폰의 카톡 소리를 끄고, TV 뉴스를 멀리하며, 내적인 고요를 지키는 것이 불안함 속 공황장애로 가는 걸 막고 있습니다.

살아가면서 진정으로 원하는 것들로부터 거절당할 때, 불안감과 슬픔이 몰려옵니다.

이럴 때는 그냥 일상에서 잠시 벗어나 여행을 하고, 존재의 가벼움을 믿는 것이 답일지 모릅니다. 여행길도 막혀있고 마스크를 벗고 숨 쉴 수 있는 유일한 공간이 홀로 드라이브하는 차 안뿐입니다. 하지만 조만간 이 또한 지나갈 것임을 믿습니다.

한 줄기 햇빛이 나오는 순간 우리의 더듬이가 바로 그곳을 향해 가도록 준비해야 합니다. 가벼움이 무거움을 이기니까요.

코로나가 만연한 뉴노말 시대를 살면서 보통의 특별함을, 일상을, 햇빛을 그리워합니다. 스타벅스에서의 주말 커피 한잔, 칸막이가 없는 메리엇에서의 점심 식사가 그립습니다.

코로나로 인한 우울감이 심한 요즘의 일상은 진정으로 'feel blue…'입니다.

2.

잠시 멈추는 힘으로

우린 앞으로 간다

∽

더 이상 할 말이 없을 때
침묵하는 방법을 알아야 한다.
- 톨스토이

∽

닫힌 마음의 둑이
툭 하고 무너진 날

책상 모서리에 놓여있던 책 제목에 닫힌 마음의 둑이 툭 하고 무너집니다.

'마지막 한 걸음은 혼자서 가야 한다'

– 정진홍

'이 길에 나의 세계가 있다. 이제부터 나의 삶이 움직일 것이다.'

– 올리비에 블레이즈

저자의 말들이 마음의 깊은 뿌리를 흔들고 있습니다.

풍요로운 삶의 질에 대한 갈망으로 경제적 자유를 위해 돈을 벌길 원했고, 주식이나 암호화폐 시장을 모르는 난 노동집약적인 삶의 기술밖에 없어서 매 순간을 일터에 묶여있습니다. 그러다 보니 지난 수년을 한 번도 주중에 오전 시간을 집에서 보내본

적이 없습니다.

한국에 들어온 지 벌써 7년인데, 아파트를 사 놓은 후 한 번도 제대로 집에서 시간을 보낸 일이 없다니….

코비드19의 강요된 자가격리 덕에 비로소 내가 사는 동네의 아침 풍경을 창문 밖으로 보는 행운을 누립니다. 이 아파트 공간이 내 세계의 전부고 곳곳에 놓인 책들이 새로운 의미로 다가옵니다. 분명 무언가에 이끌려 내 서가로 들여놓았음을 압니다.

산티아고를, 알프스를, 걸으며 여행하는 사람들의 글이 내 마음의 둑을 툭 하고 무너지게 합니다.

경제적으로 안정되어야 혼자만의 공간에서 글을 쓸 시간을 갖고, 어디든지 원하는 나라에서, 선망하는 라이프스타일로 살 수 있다는 강박증에 시달렸습니다. 작가가 글을 쓸 자기만의 방을 원하듯, 나만의 공간과 경제적 자유를 원했습니다.

이 모든 개인적 욕구에 갑자기 의심이 들었습니다.

언제까지 미래를 위해서만 살 건지를 나에게 묻고 있습니다. 한번 마음의 둑이 무너지면 며칠을 답을 찾으며 힘들어합니다.

돈이란 교환의 매개체이고, 내가 가진 양만큼 자유와, 나만의 공간을 줄 것이라는 현실적인 생각이 일에 매달린 이유였습니다. 돈의 양적 차이가 삶에 대한 질적 차이를 준다는 확고한 신념도 큰 유혹이었습니다.

고된 일상에서 벗어날 자유를 주고, 다른 이의 필요나 강압에 따를 필요가 없고, 수동적인 양보의 삶을 살 필요가 없는, 독립성을 위한 첫 번째 수단이 돈이라 믿었습니다. 거기에 경제적 여유는 타인에 대한 관용과 연민을 베풀어도 되는 풍요로움을 갖게 하고, 일부의 불행은 돈으로 막을 수도 있고, 속박으로부터 놓여날 수 있는 자유를 준다는 사실에 고무되었습니다.

하지만 열심히 일하고, 매달 통장에 들어가는 숫자로 표기된 그것은 어떻게 벌었는지는 따지지 않고 그저 많다, 적다로만 표시되는 양적 재화로 그곳에 남아 있습니다.

내 삶의 질은 변하지 않은 채 통장 속의 변화된 숫자와 폭등하는 세금고지서만 받아볼 뿐입니다.

높은 삶의 질을 위한다는 신기루에 가려진 현실은 그저 고되고 집에서 변변한 휴식을 가질 시간조차 없었던 지금의 현실을 설명할 길이 없습니다.

그래서 우연히 마주한 한 줄의 글에 내 마음의 근간이 흔들리고, 그동안 굳게 닫아 놓았던 마음의 둑이 무너지고 있습니다.

삶이 내게 갑자기 불행의 얼굴로 다가와서 부채상환을 요구하면 어쩌나….

돈으로 해결할 수 없는 불행이 대부분인데 말입니다.

문학, 의학, 과학, 종교, 그 모든 지식과 교육들이 각각의 존재 이유와 사용 방법은 달라도 결국 모든 인간의 삶을 첫 문장과 마침표로 사용합니다.

윤택하고 평화로운 삶을 이루기 위한 모든 노력이 내 삶의 의미에 있는 처음과 끝 문장이었는데, 양적 재화로만 표시되는 돈에 매몰된 것이 아닌가 하는 생각에 빠졌습니다. 자식을 낳고 기르면서 어른이 된 후엔 또 다른 이유로 성공이라는 단어를 돈으로 대체한 채 그걸 위해 달린 날들이 압축파일로 지나갑니다.

경제적 자유, 재정적 안정 등, 아무리 합당한 언어를 끌어다 붙여도 돈이 주는 물욕, 그 이하도 이상도 아니라는 생각이 듭니다. 그것이 목적이 될 순 없습니다.

열심히 일하다 보니 돈이 오는 것, 그래서 경제적 자유를 얻게 될 뿐인데 거기에 삶의 의미를 부여할 순 없습니다.

하지만 작금의 시대는 이런 나를 시대에 뒤떨어진 586세대의 고리타분한 생각이라고 비웃습니다. 가상화폐 시장에 뛰어들어 선거 3번을 치를 돈을 벌었다는 젊은 정치인, 투기판 같은 주식 시장을 버젓이 공영 TV 프로그램으로 만들고 모두 일하지 않고 돈을 버는 일에 미쳐 돌아가고 있습니다. 노동으로 돈을 버는 게 너무나 한심해 보이는 게 요즘입니다.

가치 있는 삶과 경제적 자유를 원하면 마땅히 열심히 일하고 공부해야 한다는 삶의 근본 철학이 송두리째 뽑히고 있습니다.

마음의 둑이 무너지고, 밀물처럼 빠져나간 그 자리에, 텅 빈 무언가가 날 붙들고 놓지 않습니다.

열심히 노력하라고 하면 실력주의를 주장한다며 비판하고, 99%의 돈 없는 이들을 위해 있는 자들의 것을 빼앗아 기본소득을 주자고 합니다. 소득 위주 경제성장이라며 일할 능력이 없는 이들에게 사탕발림의 돈이 뿌려지는 앞뒤가 바뀐 정책들 앞에서 모든 게 뒤죽박죽 섞여 있습니다.

난무하는 사회주의적인 구호들과 내 삶을 지탱해 온 노동가치 우선 철학의 심각한 삐걱거림 속에서 난 과연 발을 붙이고 생존할 수 있는지를 묻는 요즘입니다. 나이가 들고 쓸모가 없어지면 이사회는 나의 그동안의 노고는 생각하지 않고 덤프트럭으로 실어내어 퇴적 공간으로 밀어낼 것이라는 두려움이 공포를 줍니다.

날 불안하게 하는 이 모든 것들의 답을 찾아 보스턴을 다녀온 건데 여전히 모르겠습니다. 산티아고 순례길을 떠난 저자의 말대로 인생 배낭을 다시 꾸려야 하는 때인 것 같습니다.

'인생은 오래오래 행복하게 살았다.'라는 동화가 아닙니다. 삶의 주도권을 잃는 순간 모든 게 끝납니다. 그 주도권은 경제적 독립을 바탕으로 합니다.

두렵습니다. 둑이 무너진 내 마음이 말합니다.

'벌거벗을 준비를 하라….
돈이 없어도, 넘어져도, 실패해도 괜찮다.
잎이 떨어진 나목인들 어떠랴, 기꺼이 벌거벗을 용기만 있다면 그것으로 된다.'

그런데 지금 난 벌거벗을 용기가 없습니다.
그러나 오롯이 나로 존재해야 할 시간이 다가왔습니다.
자식들은 모두 자기의 길로 가고 그들의 행복이나 불행도 오로지 그들 몫일 뿐입니다. 인생은 직선이 아니라 점이고 수많은 인생의 점들이 선을 만들어가는 게 삶의 궤적입니다. 결혼과 이혼, 성공적인 집단으로의 진입과 탈락…. 그 많은 과정의 점선 속에서 성장통을 앓고 있는 젊은이들이 있고, 인생의 한 지점에 너무 오래 머문 것이 아닌가 하는 정지통을 앓고 있는 나도 있습니다.

선택권이 없는 불투명한 미래에 포박당한 느낌입니다. 이 불안을 없애려 부지런히 움직이고 애를 쓸수록 포박당한 손은 더욱 조여올 뿐입니다.

마음의 둑이 터진 지금, 답을 알 수 없는 삶의 문제에 돈이 어떻고, 자유가 어떻고, 독립을 이야기하는 것은 다 부질없는 짓입니다. 아직 존재하지 않는 선택권과, 그것이 줄 위험에 대한 걱정이 한 번에 몰아닥칠 땐, 우선 존재하지 않는 미래에 대한 선택권을 쥘 때를 기다려야 합니다.

불안에 포박당하지 않으려 기를 쓰는 오늘입니다.

'당신의 마음에 풀리지 않는 모든 질문을 참고 기다려라.

부디 그 질문들을 사랑하려고 노력하라.

그대에게 올 수 없는 답을 지금 찾으려 노력하지 말라. 그대는 답을 살 수 없다. 지금은 오직 그 질문으로 살라.

그러면 그대는 먼 미래의 어느 날 답으로 살게 될 것이다.'

– 릴케

흐르는 세월에
단단히 다듬어질 것

"준이 오늘은 짜장면을 먹여보자. 세 돌이니 우유 대신 뭐라도 먹이자. 유치원 가면 아무도 먹는 것 신경 안 써…. 우리에겐 귀한 아기지만 누구나 평등한 사회생활에 적응해야지."

"짜장면 둘, 탕수육 하나, 새우 볶음밥 두 개를 파크 입구로…."

쿠팡이츠에 음식을 배달시키고 준이와 이 꼬맹이의 아빠는 바람개비놀이에 한창입니다.

"너희 없으면 난 음식 하나 시키지 못하겠어. 흐르는 세월 앞에 내 아날로그 지식은 설 자리가 없구나. 더 단단해져야 살아남는데…."

"괜찮아요. 저희가 컴퓨터 앞에 오래 앉아 책을 쓰며 편집하는 걸 모르는 거랑 같은 이치예요. 필요한 시기가 오면 금방 알게 되세요. 스트레스 받지 마세요. 필요는 발명의 아버지가 아니라 습득의 기회에요. 아직은 모든 걸 대신해 주는 사람을 쓰실 수 있는 위치니 두려워 마세요."

"그래. 준이가 먹는 것에 도전하는 것도 유치원이라는 완전히 다른 세상에서 살아남기 위해서이듯, 나도 흐르는 세월에 적응하겠지."

문득 시대의 변화에 난 얼마나 잘 적응할 수 있을까를 생각했습니다.

단단하게 연마되려면 물의 표면을 흐르는 바람이 아니라 바닥의 소용돌이에 집중해야 한다고 합니다. 바닥의 흐름은 볼 수 있는 게 아니라 직접 몸으로 뛰어들어야 느낄 수 있기 때문입니다.

몸 담가왔던 익숙한 일상으로부터 자신을 끌어내서 생경하고 위험한 세상에 던져놓는 것. 고립을 자처함으로써 세상의 밑바닥을 흐르는 물결의 방향을 감지하고 방향을 돌려세우는 것….

이 모든 것이 흐르는 세월에 나를 단련시키는 것입니다.

시간 속에 내던져진 채 나이가 들어가면서 단단히 다듬어지는 것은 그저 아무것도 하지 않으며 시간을 보내며 늙어가는 것이 아닙니다. 위험을 감수하고 깊숙한 밑바닥의 관계 속으로 자신을 들이미는 열정을 가질 때 가능합니다.

성장통은 인생이라는 바닥 깊숙한 곳의 흐름에 자신을 밀어넣음으로써 얻는 고통이며 그래야 멈춰있는 정지된 삶으로부터 빠져나올 수 있습니다.

흐르는 시간의 강물에 자신을 던지고 연마하기 위해 고통을 감내하는 것. 그 과정에서 우린 성공보다 실패로부터 더 많은 것을 배웁니다.

하지 말아야 할 것을 인지함으로 해서 비로소 해야 할 것을 발견해 내는 것. 뼈아픈 경험을 통해 다듬어져야만 얻을 수 있는 성장입니다.

AI, DIGITAL 등 귓가를 흘리며 그저 지나가는 용어들도, 그 속으로 들어가 밑바닥의 진짜 흐름을 보고 싶다는 욕구가 있어야 삶으로 들어오고, 정지되고 뒤처진 삶에서 나를 밖으로 끌어내는 희망의 밧줄이 됩니다.

당장 배달앱 하나 활용 못 한다고, 택시 하나 부를 수 없다고 불안할 필요는 없습니다. 그러나 조만간 젊은이들 도움 없이 살아내려면 배워야 합니다. 흐르는 시간의 강물이 디지털세계에 적응해야 다듬어지고 살아남을 수 있다고 경고하고 있습니다.

태어나는 순간부터 위험은 도처에 존재한다는 진실을 외면합니다. 세 살배기 꼬마가 첫 세상인 유아원 식사에서 살아남기 위해 씹는 법을, 스스로 먹는 것을 배우듯, 나이 든 세대도 인공지능의 시대에 적응을 요구받고 있습니다.

인생은 어려울 때가 제대로 가고 있는 것이라는 말도 있습니다.

디지털 시대의 적응이든, 새로운 라이프스타일로의 진입이든, 모든 게 어렵습니다.

잘나가고 있다고 자만할 때 삶의 위기가 자객처럼 몰래 기어들어 와 삶 전체를 흔들어놓는 것을 이미 여러 번 경험했습니다. 실패든 성공이든 보이는 상황 속에서 반드시 보이지 않는 그 이상을 볼 수 있는 힘이 필요합니다.

요즘 코로나로 인한 경제불황 속에서 경제의 온갖 지표가 교과서대로의 방향을 따르지 않습니다.

실물경제는 망해가는데 은행에서 찍어내고 헬기에서 뿌려대는 통화 재정정책 때문인지 부동산과 주식이 미친 듯이 올라가고 있습니다. 2008년 금융위기를 미국 한복판에서 몸으로 겪은 나는 요즘 보이지 않는 바닥의 경제 흐름을 보려고 노력하고 있습니다. 그저 열심히 벌어 저금이나 하면 되던 예전의 시대가 아닙니다.

가상화폐 시장 같은 미친 돈의 소용돌이 판을 따라 몰려가고 있는 시대 속에서 열심히 일해서 저금만 하다가는 젊은이들 말대로 벼락 거지가 될 수도 있습니다.

현명하게 투자해야 한다는 경계심을 풀지 않는 이유는 그때의 세월이 나를 단단하게 연마한 덕분입니다.

불안감을 떨쳐내기가 쉽지 않은 건 우리의 삶 모든 곳이 마찬가지입니다. 사랑, 성공, 관계, 직업, 그리고 정치판과 경제까지 모든 곳에 짙은 안개처럼 불안이 자욱합니다.

자유와 자립을 꿈꾸는 자는 누구나 현재의 불안감과 고독감을 감내해야 한다는 것을 압니다. 흐르는 세월이 주는 교훈이니까요.

어쨌든 이 또한 지나갈 것입니다.

산책할 때 만나는 동네 파크의 꽃밭이 무척 아름답습니다. 바람이 바닥부터 훑고 지나가자 꽃밭 전체가 물결처럼 출렁이는 것을 보며 내 속의 불안을 그냥 지나가게 두자고 마음먹습니다.

흐르는 세월에 단단해지듯, 꽃밭 전체를 흐르는 바람 속에서 어느 하나 무너짐 없이 흔들리는 꽃의 향연들…. 더할 수 없는 아름다움으로 있습니다.

그러면서 오늘 난 바닥을 흐르던 바람 속 꽃줄기마냥 유연하고 단단해지자고 결심합니다.

젊음도 사랑도 간 나이의 길 위에 서 있지만 흘러가는 시간에 단단하게 연마되는 한 남은 세월을 위한 새로운 희망은 반드시 있을 겁니다.

벌거벗어도 나목으로, 꽃잎이 떨어진 보잘것없는 뿌리로, 서 있어도 새로움을 위한 연마를 포기하지 않는 한 또 다른 영광이 있으리라는 희망을 갖습니다.

동네 파크에서 가진 피크닉에서 배달앱을 사용 못 하는 불안감으로 시작된 상념들을 바람 속에 날려 보내고 있습니다.

소중한 준이가 유아원이라는 첫 사회에 던져진 때 그 꼬맹이가 감당해야 할 스트레스의 크기가 가늠되지 않습니다.

그러나 우리는 코비드라는 전대미문의 팬데믹 세상을 극도의 불안감으로 살아내고 있고 백신과 함께 점차 끝을 향해 가고 있습니다.

세 살 꼬맹이가 세상으로 나가기 위해 밥 먹는 것을 배우듯, 오지 않은 미래를 위해 오늘도 세월 앞에 서서 나를 단단하게 하려 합니다.

산다는 것

살아간다는 것은 수많은 일들 중에서 어떤 하나의 일을 하는 것입니다. 밥 먹고 일을 하고, 사랑하고, 가슴 아파하고…. 그 많은 순간의 시간들이 모여 삶을 만듭니다.

젊은 시절 밤잠을 아껴가며 공부를 한 이유는, 되고 싶은 미래의 모습과 현재 모습 사이의 갭이 너무 커서 그 갭을 따라잡기 위한 몸부림이었습니다.

그때의 공부는 경쟁을 뚫고 들어간 원 안에서의 싸움이었고, 내게도 가능한 미래가 오리라 믿었기에 걱정과 불안함은 옅어지고 곤함을 잊을 수 있었습니다.

구체적으로 그릴 수 있는 미래는, 힘듦과 고통도 충만감으로 채워 줍니다. 6년~10년 후면 새끼 의사가, 변호사가, 성당의 신부가 된다는 것 등등…. 이런 보이는 미래는 공부로 얻은 지식을 지혜로 만들고 경제적 풍요와 정신적 만족에 대한 기대를 가져다줍니다.

이때 우리의 죄책감은 단 하나, '당신의 지금 불행은 언젠가 잘못 쓴 시간의 복수다.'라는 말뿐입니다.

그런데 지금은 세상이 변했습니다. 공부나 노력을 의미하는 노동으로 돈을 버는 게 어리석을지 모른다는 강한 의구심을 갖게 하는 시대입니다. 주식과 가상화폐 시장이 경제적 자유를 위해 열심히 일해야 한다는 우리의 기존 관념을 엎어 버렸습니다.

가상화폐 시장에 들어가서 몇 달 만에 수십억, 수백억을 번 사람들의 이야기가 인터넷을 떠돕니다. 그 앞에서 노력이나 성공은 다른 의미로 각색됩니다.

지식은 밖에서 가져오는 것이지만 삶의 시간들은 우리의 지식을 내재화하여 지혜로 만듭니다. 하지만 브레이크 없는 속도 속에서, 우리는 노동을 통해서든, 암호화폐를 통해서든 성공의 환상에 갇혀 정신없이 살고 있습니다. 그러면서 우리가 밖에서 취한 많은 지식들이 내적인 지혜로 숙성화되는 과정에 문제를 일으킵니다.

성공하기 위해 온갖 지식을 앞세워 앞과 위만 보고 달려갈 뿐, 사랑과 우정을 위해 옆과 뒤를 돌아보는 지혜를 잊습니다. 게으름으로 잘못 쓴 시간의 복수를 당하듯, 지식의 내적성숙 시기를 놓치고 지혜의 결핍으로 인해, 삶의 성숙과 균형을 잃습니다. 노동의 가치에 회의를 갖고, 가상화폐로 성공한 이들을 인정하지 못한 채 질시합니다.

삶의 시간들은 우리에게 고백을 강요합니다.

노력하지 않았거나 운이 없었거나….

나이가 들어가면서 늙는 것은 스스로를 노출시키는 것이며 스스로를 폭로하는 것이라는 말이 있습니다. 자기를 적나라하게 노출시키고, 무능과 형편없음을 그대로 드러내는 것입니다. 그래서 늙음이 두렵습니다.

내적 지혜로 숙성되지 못하고, 나이는 들어가면서 삶에 집착하고 탐욕도 함께 커져서 자신의 추한 모습을 노골적으로 폭로하기도 합니다.

삶은 나를 폭로하라고 노골적으로 요구하는데 정작 지금을 사는 내 모습은 무능하기 짝이 없습니다. 지식도 지혜도 어디서 얻어야 할지 모르는 시간의 강물 위를 떠돌고 있습니다.

목표와 목적은 다릅니다. 'ㅇㅇ가 되겠다, ㅇㅇ를 벌겠다'라는 목표를 삶의 목적으로 삼고 뛰었으니 스텝이 꼬인 것은 당연한 일입니다.

살아간다는 것이 그 많은 것들 중 어떤 하나를 하는 것이라면 난 목적을 다시 세워야 할 시점 위에 서 있습니다. 삶의 배낭을 다시 꾸려 어느 다락방에 박히든, 세상을 떠돌든, 해야 할 듯합니다.

삶은 용기에 비례해서 넓어지거나 좁아진다는데 다시 용기를 내야 할 듯합니다.

모든 시작에는 떨림이 있습니다. 두려워서 시작을 못 하니 새로운 기회가 주는 열정도 잃었습니다. 조만간 삶이 내게 불행의 얼굴로 다가와서 부채상환 요구를 할 때 난 무엇을 내놓아야 할지 모르겠습니다.

오늘을 평생처럼 살 때입니다. 그래서 하루는 길고 평생은 짧다는 느낌에 공감합니다. 새로운 곳으로의 여행은 삶의 시간을 연장시키는 방법 중의 하나입니다. 와이키키나 플로리다에서 자연과 함께, 바다와 함께 사는 라이프스타일을 꿈꾸지만 그 목적을 해결할 답은 아직 없습니다.

너무나 당연해 보이는 아주 익숙한 물건들도 처음 써보는 물건처럼 감탄의 눈으로 보려고 애씁니다. 삶의 신선함을 유지하고 싶습니다. 신선함 없인 우리의 삶에서 기쁨, 감탄 등 소중한 감정들이 소멸합니다.

산다는 것은 이런 소소한 기쁨을 유지하는 것입니다.

지나온 삶의 궤적을 돌아보니 욕심으로 삶의 많은 부분을 채웠기에 삶의 무게 중심이 높아져서 넘어지려 합니다. 위태롭게 뒤뚱거리는 삶의 무게추를 잡아야 엎어지지 않을 텐데…. 그래서 여행이 그리운 시간입니다. 지금 이곳을 떠나 모르는 곳에서 나를 바라보는 것이 필요한 때입니다.

우리들 삶의 무게 중심추 한가운데를 잡고 있는 것은 언제나 행복이라는 것입니다. 행복하게 살아야 한다는 강박 때문에 탐욕을 부리게 됩니다.

산다는 것은 삶의 대부분이 불행하다는 걸 알아가는 과정일지 모릅니다. 그 많은 불행과 고통 속에서 힘들다가도 일상 속 사소한 것들이 주는 행복감 때문에 사는 게 우리의 삶입니다.

내재된 지혜가 가르치는 말이 있습니다. 산다는 것은 내가 가진 가치를 온전히 느끼며 사는 것이며, 내가 가치 있는 일을 한다는 느낌이 곧 행복입니다.

그러므로 늘 여기에 있는 삶에 주목할 일입니다.

세상에 대해 빚쟁이처럼 굴지 말라고 삶은 다독입니다. 세상이 내게 빚진 건 없습니다. 그러므로 좋은 날씨, 달콤한 꽃향기, 예쁜 미소를 만나면 진심으로 감사하고 기뻐할 일입니다.

미래의 나에게 편지를 씁니다.

"부디 죽지 마라. 살아 있을 가치가 있는 삶이다.

나이 들고 볼품없어질 너이지만 사랑받을 것임을 의심치 말라. 미래는 걱정하지 말라. 저절로 너를 찾아올 테니….'

산다는 것에 대한 나의 답입니다.

회색 코뿔소가 온다

쿵쿵 소릴 내며 다가오는 공포의 회색 코뿔소를 난 무슨 배짱으로 외면하고 있는 걸까요? '절대 내겐 오지 않을 거야'라는 헛된 믿음 속에 있다가 어느 한순간 그 발굽에 압사되리라는 걸 압니다. 늙음, 질병, 은퇴, 사회적 소외 등 그 모든 지표가 빨강의 위험 숫자를 가리키고 있어서 두렵습니다.

은퇴 준비, 노후 준비, 독립 준비, 준비, 준비…. 그 모든 것이 다가오는 회색 코뿔소로부터 지금의 삶을 지켜줄지 모르겠습니다.

보기 드물게 세련되고 멋진 젊은 사업가 스티븐과 소공동 조선호텔에서 점심을 함께 했습니다. 어린 나이부터 자라고 교육받은 미국에서 성공적인 사업을 일구었는데 마지막 기회를 위해 한국으로 영구귀국했다는 말을 듣고 놀랐습니다.

한국말보단 영어가 편한 그를, 한국적인 사업생태계가 어찌대할지 걱정을 하고 있습니다.

"선생님, 구로 디지털단지에 백억 정도를 들여서 기업을 인수했습니다. 여기서 성공해서 역으로 미국의 나스닥으로 가는 계획을 하고 있습니다. 그런데 사방이 예측하지 못한 어려움으로 포위된 느낌을 받을 때가 많습니다."

"왜 아니겠어요. 한국 토박이 정서로 뭉친 사람들로부터 받는 문화 충격이 만만치 않을 텐데…. 그래도 인생의 출구전략에 골몰해 있는 나에 비해, 스티븐은 아직 젊고 또 다른 성공을 위한 큰 그림을 그리고 용기를 내어 한국에 들어왔잖아요. 미국에서의 세계화된 경영기법이 이곳에서 얼마나 작동될진 모르겠지만 잘해 낼 거예요."

"……회색 코뿔소들에게 포위된 느낌을 받을 때가 있습니다."

"……."

그는 앞으로 펼쳐질 새로운 세계에서의 일로, 난 나이가 들어가면서 닥쳐올 삶의 위험이 주는 공포로 겁에 질려있습니다. 두 마리의 서로 다른 코뿔소의 위협입니다.

난 그의 젊음이 부럽고, 그의 능력을 알기에 성공적으로 헤쳐나가리라 믿는다고 말했습니다. 오히려 그의 걱정보다는, 내게 닥쳐올 노년의 코뿔소가 더 공포스럽다며 엄살을 떨었습니다.

일의 성공여부에 대한 걱정, 노화나 죽음에 대한 공포가 코뿔소 떼처럼 밀려옵니다.

일이란 권태, 방황, 궁핍이라는 3가지 악으로부터 인간을 자

유롭게 한다는 말을 계명처럼 품으며 아직도 열심히 일하고 있습니다. 지금까지는 일이란 인생을 견딜 만하게 하는 유일한 것이라고 믿어 왔습니다. 그러나 나이가 들어가면서 일이 아니어도 우릴 살 만하게 할 무언가가 있지 않을까…. 그것을 찾고 있습니다.

한쪽으로는 모든 이에게 정해진 단 하나의 숙명인 죽음에 대한 마음의 준비도 일 못지않게 중요한 것입니다.

준비 없이 당하는 치명적인 질병이나 죽음은 엄청난 공포의 회색 코뿔소이고, 우리의 삶을 잔인하게 유린할 것임을 알고 있습니다.

어느 날 예상도 못한 일이 벌어질 수 있습니다.

걸어서 침대 밖을 못 나올 수도, 기억을 잃는 치매 환자가 될 수도, 예고 없는 죽음을 맞이할 수도 있습니다. 감히 상상조차 두려운 이것들은 입 밖으로 소리 내어 말하기 어려운 공포를 가져다줍니다.

쿵쿵거리며 다가오는 회색 코뿔소가 나만은 비켜 갈 것을 믿고 기도하지만, 누구도 확신할 순 없습니다. 방심하는 순간 당하는 압사는 공포조차 가질 수 없는 사건이 되고, 그렇게 우리의 삶은 끝이 납니다.

이들 공포로부터 헤어 나오는 방법은 눈을 부릅뜨고 회색 코뿔소가 다가오는 방향을 가늠해서 피하는 것뿐입니다.

그런 의미에서 '메멘토 모리— 죽음을 기억하라'는 죽음의 공포에서 삶을 지키는 좋은 처방입니다. 죽음을 생각하며 삶의 매 순간을 산다면 많은 것이 바뀔 것입니다.

그러나 우리들 삶 속에 깃든 가벼운 기쁨과 즐거움이 그 어떤 것보다 삶의 고단함과 공포를 이기게 한다는 것 또한 알고 있습니다. 그래서 편안하고 안락한 라이프스타일을 갈망합니다. 그럴 때 항상 고민은 어디에서, 누구와 함께, 무엇을 하며, 라는 물음입니다.

삶의 굽이굽이마다 만나는 인연과 기회를 소중히 하며 살아야 하는 이유입니다.

인간의 삶은 흐르는 강물과 같아서 살다가 개울을 만나면 물소리가 커지고, 폭포를 만나면 험해지며, 평평한 곳에선 천천히 흐르다가 넓은 강에 이르면 서로 엉키고 시끄러워집니다.

곳곳에 숨어있는 회색 코뿔소의 위협에도 일상을 지켜내며, 의미를 만드는 위대함을 가진 게 인간입니다. 그래서 진정으로 일에, 공부에, 자신이 해야 할 일에 몰두해 있는 모습이 아름답습니다.

진정으로 삶을 사는 사람의 모습은 그래서 오히려 단순한지도 모릅니다. 다가오는 회색 코뿔소의 위협으로부터 일상의 삶을 지키는 것은 단순하게 순간순간의 삶에 몰입하는 일뿐입니다. 과거와 미래에 너무 집착해서 현재의 삶이 손가락 사이로 빠져나가지 않게 해야 합니다.

준비와 노력이 계속되는 한 어떤 것도 우리 삶을 아무렇지도 않게, 무의미하게, 끝내지 못합니다. 일상에서 소소한 삶의 의미를 찾아내는 것만이 공포로 다가오는 회색 코뿔소의 방향을 돌리는 길입니다.

죽음을 기억하기에 한 번뿐인 삶의 소중함을 알고, 한 번의 중요함을 압니다.

우아하고 품위 있는 동작으로 준비하며, 단순해지고, 짊어져야 할 삶의 무게를 줄이면, 다가오는 공포와 어려움의 양도 줄어듭니다.

성장 없이 늘 같은 자리에 있는 것은 머무는 게 아니라 퇴보하는 것입니다. 그래서 정지된 삶의 일상이 괴로운 것입니다. 하지만 때로는 기다림을 배워야 합니다.

많은 순간, 신은 우리를 회초리가 아닌 시간으로 길들입니다.

너무 힘들고 희망을 찾지 못하는 요즘의 팬데믹 상황에서 우리의 영혼이 가출경보를 울리고 있습니다.

삐―삐―삐……

코로나 블루 속을 걸어오는 회색 코뿔소의 쿵쿵거림이 들립니다.

그 공포는 멘탈이 안드로메다로 날아간다는 표현이 정말 맞습니다.

라구나비치의 바다가, 와이키키의 파도 소리가 환청이 되어 들릴 만큼 그립습니다.

쿵쿵 다가오는 회색 코뿔소를 피해 잠시 떠나서 파도에 몸을 맡기고 행복해…라고 주문을 외우고 싶습니다. 그러나 금방 알아차릴 겁니다. 너무 행복해서 또 불안해지리라는 것을…. 폭풍 전 바다는 늘 고요하기에, 아무 일도 없는 일상이 불안의 요소이기도 합니다.

떠나지 못한 하와이의 사진을 뜯어내어 포스터처럼 벽에 걸어두고 그 풍경에 '잠시멈춤'을 하기도 합니다. 쿵쿵 다가오는 회색 코뿔소의 공포를 밀어내려 안간힘을 씁니다.

"선생님이 사시던 팔로스버디스나 뉴포트비치가 정말 아름다웠는데…. 이 복잡한 한국에서 어떻게 사세요?"

"……추억으로요……."

비록 직접 몸으로 느끼는 파도가 주는 울림과, 그곳의 살아있는 이야기가 그립지만 어쩔 수 없습니다. 정말 오랜만에 만난 스티븐이 그가 살다온 샌디에이고의 바다냄새를, 우리가 함께 알고 있는 뉴포트비치의 풍경을 추억으로 가져왔습니다.

하지만 지금 다가오는 회색 코뿔소의 미래를 묻는 질문에, 난 아직 답이 없습니다.

막막한 미래 앞에서

지적이고 세련되며 활기찬 사람으로 기억되길 바라지만 점점 우울해지고 자신이 없어집니다. 내게 오는 수많은 노인 환자들을 보며 늙음, 질병, 치매에 대한 생각을 합니다.

이들처럼 내게도 독립적인 삶이 무너지고 혼자 설 수 없는 시간이 닥치리라는 끔찍한 예견을 떨칠 수 없습니다. 삶에 대한 주도권을 잃고 살 수 있을지 모르겠습니다. 삶의 마지막으로 갈수록 우린 끝이 있다는 걸 받아들여야 할 순간과 마주합니다.

생명을 다루는 의료인으로 일하기에 더욱 많은 고민을 합니다.

아무도 원치 않는 창고 같은 병실에서, 온갖 수액줄과 생명 연장 기계 소리 가득한 곳에 있는 환자들. '잊혀지고 죽어갈 그들을 도울 사람이 의료인이다'라는 자각 속에 있습니다. 정말 인간답게, 존엄을 지키며, 삶의 마지막을 맞게 도와야 한다고 생각합니다.

나이가 들고, 병에 걸리면 정말 두려운 건 죽음이 아니라 삶의 주도권을 잃는 것입니다. 미래는 여전히 막막하고, 아직도 어떤 게 옳은지 모르겠습니다.

"코드블루로 수술실에 들어온 60세의 백인 환자가 있었어요. 사고로 다쳐서 의식은 없고 심장을 열어야 하는 환자인데 흉부외과, 심장내과, 응급의학과 선생들의 CPR에도 기계는 반응이 없어요. A-line 잡고 기관지 삽관 후 다시 내가 CPR… 모두들 땀에 절고 절망 속에서 저를 말렸어요. 사망선고를 하라고…. 그런데 아세요? 55분간의 CPR을 멈추는 그 순간 기계에 맥박이 잡혔어요. 10, 15, 20… 수십 명의 의료진이 몰려 사투를 벌이고 허망함으로 사망선고를 하려는데 그 환자의 심장이 반응을 보였어요. 그러니 엄마… 절대 함부로 연명거부에 사인하지 마세요. 난 끝까지 엄마를 살릴 거예요."

보스턴 병원 오경 선생의 전화입니다. 인간의 언어로는 표현할 길이 없는 생명을 말하고 있습니다.

난 독립성을 잃으면 죽는 게 낫다는 두려움 속에 있었는데….

"남편을 요양병원에 옮기고 너무 막막해. 내 앞의 운명이 어디로 날 이끌 건지… 그 운명 앞에서 감당하기 어려운 현실을 어찌 해결해 나갈지 답이 없어."

삶의 나침반을 잃은 듯한 친구의 막막함에 공포가 밀려옵니다.

"일해. 네 건물에 나가서 그걸 지키렴. 날 지킨 게 일이었어.

일에 치인 난 일터에서 방향을 잃고 헤매지만 넌 지금 일이 널 구할 거야."

　궁핍함으로부터의 자유와 고독으로부터의 자유를 선사한 나의 일터. 그곳을 떠나는 순간 난 삶의 지표를 잃을 것 같습니다.
　훌쩍 여행을 떠나 일상의 틀로부터 벗어나 마음의 지도를 훅 풀어 젖히면 방향성이 생길지를 고민합니다.
　어떤 것이든 몰두하는 일은 우리들 미래의 한 조각 꿈을 이루는 유일한 길입니다. 그래서 여기까지 왔고 삶을 일구고 안전한 터전을 만들었습니다.
　나이가 들고 연륜이 쌓이자 이젠 떠나야 할 때라고 삶이 이야길 합니다. 젊은 세대가 우리의 뒤를 이어가게 조용히 내려오라 합니다.
　삶의 나침반이 방향감각을 잃고 심하게 흔들리는 요즘입니다. 그래서 막막합니다.
　이런 막막한 미래를 명확한 미래로 바꾸려면 우선 계급장을 떼고, 입었던 윤기 나는 옷을 벗을 용기를 내야 한다고 나를 설득하고 있습니다.
　미움받을 용기는 자유와 독립적인 삶을 위한 필수요건입니다. 이기적일 만큼 내 삶의 영역에 자식들의 관여를 막는 것, 정서적으로 기술적으로 젊은이들에게 의존하지 않아서 미울 만큼 독립적이야 한다는 것.
　가족이나 친지가 아닌 제3의 모르는 이들과 인간관계를 맺고,

가장 중요한 생존 요소인 고독력을 기르는 것이 해결책임을 압니다. 홀로 설 수 있을 때 비로소 60세에서 100세 사이의 10만 시간을 활용할 로드맵이 생긴다고도 합니다.

막막한 미래 앞에서 불안함을 감추기 위한 해결책은 렛잇비, 그대로 흘러가게 두기입니다.

마음의 흙탕물이 가라앉을 때까지 기다리는 게 여행을 떠나는 것보다 효율적일 듯합니다. 나만의 공간에 틀어박혀 조용히 저절로 깨끗해질 때까지 기다리면서 미래로의 방향성을 잡는 것입니다.

샘물이 흐려지면 그곳에 무엇을 넣어도 맑아지지 않습니다. 내버려 두어야 맑아집니다. 삶의 소용돌이 속에선 조용히 스스로 가라앉게 상황을 내버려 두는 것이 방법입니다.

인생 후반기의 출구전략을 짜다 엉클어진 머릿속에, 명백한 미래가 모습을 드러낼 리 없습니다. 이제까지의 모든 명함을 내려놓고 벌거벗을 준비가 안 된 출구전략은 막연하고 위험합니다.

변화도 없고 그저 그런 일상 속에서 불안만이 가득하고, 열망이 없는 삶은 어둠 자체입니다.

우리 모두는 각자만의 불안한 미래 앞에서 답을 찾고 있습니다.

젊은 미국의사인 경이는 생명 앞에서 경외감을 느끼며 다가올 미래를 준비하는데, 나와 친구는 미래에 대한 불안감 속에서 길을 찾고 있습니다.

계급장을 떼고, 고독에 지지 않으며, 홀로 용감히 일상을 살면서, 어떻게 하면 조금 더 우아해질 수 있는지를 고민합니다. 젊음은 실수나 어설픔, 무례함까지도 용서가 되지만 나이 든 사람들의 실수는 노추가 됩니다. 자유로운 삶을 위해 이들로부터 미움받을 용기를 가져야 합니다. 노년은 독립성을 잃고 단 한 번 나락으로 떨어지면 영영 걸어 나올 수 없는 수렁에 빠진 비참함을 맛봅니다.

코로나 속 사업은 대기업이 아닌 한 너무나 어려워서 막막하고, 더 이상 젊지 않은 인생은 그 불확실성 앞에서 막막합니다. 답은 없습니다. 그래도 옷매무새를 고치고, 좋은 말을 하며, 행동은 더 세련되게 하도록 해야 합니다. 사랑받기 위해 기꺼이 손해를 감수할 필요가 있습니다. 독립적이고 자유로운 삶을 위해 미움받을 각오를 해야 합니다. 그게 막막한 삶을 살기 위한 방법입니다.

정중한 예의, 우아한 걸음걸이와 미소, 고독과 불안에 내성을 가진 당당한 존귀함으로 불안의 시기를 살아내야 합니다.

덧셈이 아닌 뺄셈의 시간 위에서 불안하지만 마음을 비우고 삶을 가볍게 하려 합니다. 이것이 미래를 이끄는 방향키입니다. 그 위에 새로운 기술과 지식으로 무장한다면 남은 10만 시간은 또 다른 행복을 가져다줄 것입니다.

막연한 미래를 앞에 두고 요즘 열정과 우아함이라는 화두에

꽂혀있습니다. 노력이나 실패마저 우아할 순 없을까가 요즘의
고민입니다.

몸에 잘 맞는 옷을 입고 내면과 조화된 우아함이 드러나는 사
람을 보는 순간, 짜릿한 감동과 부러움을 느끼는 요즘입니다.

막막한 미래 앞에서, 밝고 명확한 시간 속으로 들어가기 위한
로드맵을 마음에 새깁니다.

첫째 고독력을 기를 것, 둘째 계급장을 뗄 것,

셋째 기술과 실력을 갖출 것, 넷째 우아해질 것.

일상이 고독이 될 때

"○○가 감히 내게 이혼하재. 기가 막혀 진짜. 자기 인생이 어디로 갔는지 모르고 일만 했대. 그래서 억울하대. 난 이렇게 외로운데… 내가 일하러 가는 걸 막은 건 자기면서, 그깟 푼돈 벌러 나가느냐면서 무시해서 이렇게 살림만 하며 산 내 인생은?…"

"……그렇구나. 너 혼자 재미있게 친구들과 여행 다니고 즐기는 게 샘났나? 아님 매일 바쁘게 일하다 은퇴하고 함께 집에 있으니 관계에 문제가 생긴 건 아니니?"

"2주째 냉전 중. 세상이 사는 의미가 없어. 매일 매일이 지옥이고 고독해."

겨울의 한복판에 외롭고 힘들다며 J는 전화를 했습니다.

자가격리로 갇힌 내게 또 다른 세상과의 소통이지만 고독과 외로움, 이혼을 고민하는 전화입니다.

"그 사람이 일로부터 떠나니 많은 갈등이, 허무함이, 생기는 모양이지. 우리 모두가 외로운 존재인데 본인만 억울해하면 어쩌니… 경제능력이 없어지면서 부인에게 황혼이혼 당하는 게 요즘인데 반대로 이혼을 요구하다니… 무척 혼란스러운 상태인 듯해. 좀 기다려주면 어떨까? 너의 고통이 너무 심하겠구나. 어쩌니….”

코비드로 인한 사회적 거리두기가 벌써 2년이고 강요된 고독 속에서 사람들의 멘탈이 위험신호를 보내는 요즘입니다.

일상이 고독입니다. 나이든 사람들의 일상도 이와 다르지 않을 것입니다. 일과 가족으로부터 거리두기가 되고 아무 일도 일어나지 않는 일상. 고독과 허무함만으로 채워지는 시간들….

창문을 통해 보는 세상이 눈으로 덮였습니다. 고독이, 홀로 있음이, 일상이 될 때 우린 무엇에 의지하여 생을 유지할까요?

우리의 일 년을 관통하는 일상은 매년 겨울에 죽어 봄에 되살아나는 곰을 생각하게 합니다. 자가격리 속의 내가, 이혼을 생각하는 J가 그렇습니다.

동면에 들어가 홀로 긴 고독의 시간을 보낸 곰에게 죽어있던 때의 기억은 없을 듯합니다. 자가격리 14일을 보내며 있는 난, 문을 열고 밖으로 나가는 법을 잊었습니다. 완전히 세상에서 잊혀진 존재로 이 안에, 곰이 동면하는 동굴에 있습니다.

잠에서 깨어나 어슬렁거리며 먹이를 찾으러 나갈 봄을 기다리는 곰이 요즘 집에 갇힌 나와 같습니다. 어쩌면 다시 세상 속으로 걸어 나갈 날이 오지 못할 수도 있다는 두려운 생각에 몸을 떨고 있습니다. J는 이혼을 생각하며 홀로 고독할 일상에 몸을 떨고 있습니다.

곰이 인간이 되기 위해 받아든 게 마늘이었다면 난 무엇에 의지하여 이 격리기간을 보내고 문밖을 나갈 수 있을까를 고민하고 있습니다.

이혼을 슬퍼하며 내게 전화를 한 J는 어디에서 위안을 얻을까요.

문고리를 잡고 밖으로 나가는 법을 잊지 않으려 안간힘을 쓰다 집어 든 책 속의 한 줄, '나는 지금 삶을 즐기고 있다'에 밑줄을 그으며 자기 세뇌를 하고 있습니다.

사실은 외롭고 고독한데 괜찮다, 괜찮다를 반복하며 내 감정을 속입니다.

보스턴을 다녀와서 한 네 번의 검사에도 음성이 나온 코로나 검사지만, 14일 격리가 끝나는 날 다시 하는 검사에서 양성이면 어쩌지? 라는 지극히 현실적이고 몸서리쳐지는 불확실성을 앞에 두고 있습니다.

마음의 평안과 담담함을 어떻게 유지할 건가의 문제를 매일의 숙제처럼 끌어안고 있습니다. 말할 사람도 없는 집 안에 박혀, 고독이 일상이 된 이곳에서, 수시로 변하는 마음을 관찰하고 즐길 수는 없을까를 고민합니다.

일에 부대끼면서 오래전부터 갈망하던 혼자만의 시간인데, 이곳에서 지금, 왜 온전한 자유를 느낄 수 없는지 마음에게 묻고 있습니다.

문밖 세상의 끝엔 자연이 있고 그곳엔 야생의 자유가 있을 거라는 꿈 같은 믿음. 그 누구에게도 속하지 않는 자연을 그리워합니다. 밖으로 나가려는 마음을 잡아 문안에 가두는 게 쉽지 않습니다.

많은 순간에 사진이나 여행 글 한마디가 움츠러든 마음에 불을 붙이고, 격렬하게 문밖 세상으로 나가도록 충동질하는 것을 알기에 모든 여행 책들은 책장 깊은 곳에 던져놓았습니다.

이런 고독의 일상 속에서는 인생에 대한 우울한 생각으로부터 자유롭기가 쉽지 않습니다.

조만간 삶의 끝자락으로 갈수록 몸의 기능이 노후되고 관절들이 파업을 일으키면서 몸이 마음을 따라주지 않는 필연적 격리의 삶을 맞이할 겁니다. 늙어가고, 언젠가는 죽어야 할 인간이니까요.

고독과 소외, 질병이 삶의 일상이 되는 노후의 긴 시간이 오기전에 미리 14일이라는 강제된 사회적 거리두기를 통해서 고독을 경험하는 것도 나쁘진 않다고 스스로를 위로합니다. 이 또한지나갈 것이고 미리 맞는 인생의 백신이라 생각하며 밖으로 나가려고 잡았던 문고리를 놓고 돌아섭니다.

다른 곳으로 생각을 돌리며 격리의 고독감과 싸우고 있습니다.

이제까지 내가 해왔던 일을 돌아보며 의술이라는 것과 의료인이라는 위치에 대한 고민을 새삼스럽게 합니다. 노화와 온갖 질병, 암으로 인해 심신이 쇠약해 가는 환자들에게 삶을 위해서 치료 약물과 주사를 처방하고 수술을 권하는 순수한 의학적 충동을 조금 자제했으면 어땠을까를 생각합니다.

환자들은 모두 자기가 암을 앓고, 치료가 불가능한 만성 질환을 가지고 있는 건 알지만 죽어가고 있다는 것은 인정하지 않습니다. 그렇게 질병과 늙음을 여전히 이기고 싶어 합니다.

위험한 순간에 응급회생 치료를, 생명연명 치료를 하지 말라는 서약서에 사인을 꺼려합니다. 답이 없는 물음에 누군들 망설일 겁니다.

일상이 된 고독 속을 헤매다 보니 우울한 생각에서 빠져나오기가 쉽지 않습니다.

밀쳐놓았던 여행지의 사진을 다시 끌어다 눈앞에 놓습니다. 어떻게든 삶이 주는 기쁨을 찾아야 할 듯합니다.

지난여름 해변에서 경험한 눈부신 하늘과 팜추리, 싱그러운 냄새, 열정적인 비치볼 게임, 말초감각을 깨우고 손가락 사이로 스르륵 빠져나가던 모래, 비키니, 눈이 시린 새파란 쪽빛 하늘이 있었습니다. 몽환적인 환상에 빠집니다.

고독이 일상인 문 안쪽에 갇힌 채 내 마음은 태평양을, 대서양 바다를 날고 있습니다. 떠돌고 있는 마음을 관찰하는 지금, 추억을 꺼내 보는 것도 충분히 아름답고 사랑할 만하다 생각합니다.

삶은 사랑 아니면 여행일 거라는 누군가의 말이 지금처럼 홀로 외로울 때, 더없는 그리움으로 다가옵니다.

안에서 밖으로 나가는 법을 잊지 않기 위해 애쓰고 있습니다. 고독한 일상이 내 삶을 지배하지 않도록 밝고 아름다운 추억을 다시 갈무리합니다.

조만간 또 다른 일상 속에서 일에 매몰되고 정신적으로 피폐해질 때 문 안쪽에 머물렀던 이 순간의 고독이 짧고도 명징한 기억으로 가슴에 새겨진 채 내게로 오리라는 것을 믿습니다.

고독이 일상이 된 때지만 문밖 세상은 온갖 고민과 갈등으로 울고, 절망하고, 외로워하기는 변함이 없는 듯합니다.

들려오는 이혼 소식에, 두고 온 환자들 생각에 더욱 예민해지는 요즘입니다.

지속 가능한
미래에 대한 갈망

'좋아하는 것을 오래 응시하고, 어루만지고, 귀 기울이고, 의미를 입혀보는 것처럼 행복한 일은 없다'는 안도현 시인의 말이 기억납니다.

그런 모습으로 삶이 지속될 미래를 꿈꾸고 있습니다.

세대를 뛰어넘어 이전엔 경험하지 못한, 팬데믹이 덮쳤습니다.

매크로의 세상을 향한 모든 것을 접고 마이크로한 세상 속으로 들어가 있습니다. 학교가 문을 닫고 인터넷 강의로 대체되고, 여행이 금지되고 손바닥만 한 스마트폰을 통해서 삶을 위한 일상이 유지되는 이상한 시대입니다.

GPS, CCTV 속에서 모든 동선과 소비행태가 기록되고, 우리의 자유로운 공간은 더 이상 없는 듯한 공포 속에 있습니다. 가는 곳마다 QR CODE 없인 입장할 수 없는 세상. 조지오웰의 동물농장이 되었습니다.

모든 것을 정부가 마음만 먹으면 통제하고 가둘 수 있는 공산주의 세상이 와도 전혀 이상하지 않은 기이한 시간입니다.

방역과 백신이 우리들 삶의 일상을 쥐고 있습니다. 언제쯤 백신 여권이라도 들고 세상 밖으로 나갈 수 있을지 모르겠습니다.

24시간 답답한 마스크 속에서 자신이 뱉은 공기를 다시 들이마시는 이런 일이 얼마나 더 지속될 건지, 언제쯤 코로나 우울증을 털어버릴 수 있을지….

아파트 유리창을 통해서 세상을 보고, 여행잡지 속 숨 막히게 아름다운 풍경을 멍하게 바라보는 것으로 만족해야 하는 '멈춤'의 시대. 언택트의 시대를 살아내고 있습니다.

따뜻한 포옹, 악수, 눈을 보며, 목소리를 듣는, 모든 것이 금지된 시대입니다.

온택트의 세상 속에서 매크로의 넓은 세상을 만끽하며 어디든 가고, 만져보고, 떠들며 웃음을 흘릴 수 있는 유쾌함의 세상이 그립습니다.

백신을 맞고 인구의 60%이상의 집단면역이 형성되는 순간이 온택트로 갈 수 있는 시점이라 합니다. 그때 우린 잊어버린 꿈을 찾아 일터로, 삶의 현장으로 달려나갈 것입니다.

일상에 지겨워하면서 떠나길 원했고, 때로는 홀로 고립되길 원했던 우리의 삶에 예기치 않은 코비드가 덮치고 한순간에 산소처럼 익숙했던 일상이 없어졌습니다. 고립되고, 고독한 마이크로한 삶만 남아 있습니다.

이것이 지속 가능한 미래라고 생각할 순 없습니다.

코로나 19는 영원히 이런 언택트와 격리의 시대가 우리의 삶을 덮는다면 어떻게 살아남아야 할지 생각하라고 강요하고 있습니다.

이것은 2년의 팬데믹이지만, 어느 날 갑자기 예상치 않은 사고나 노화로 걸어 나갈 수 없을 때 우린 또 다른 격리, 기약 없는 멈춤 앞에 설 것이고 영원한 언택트의 세상에 던져질 겁니다.

젊은이들 중엔 스스로를 사회로부터 소외시킨 채 방 안에 처박힌 일본식 히토리 세대도 있습니다. 그들은 본인이 선택한 자발적 소외이기에 견딜 겁니다. 하지만 지금처럼 강요된 고립과 격리라면 모두의 인내가 사라지고 폭동이 일어나도 이상하지 않을 듯합니다.

좋아하는 것을 어루만지고, 귀 기울이고, 어여쁘게 쓰다듬을 수 없는 기약 없는 격리가 지속된다면 우리에게 미래는 더 이상 지속 가능하지 않을 겁니다.

일상이 죽으면 삶도 거기서 멈추리라는 것, 더 이상 미래란 없다는 것….

살아있는 자에게 미래가 없는 죽은 현실 앞에서 무엇을 할 수 있을까요. 내일이 없는 오늘… 지속할 미래가 없다면 인간은 살 수 없는 존재입니다.

일을 하고 성공을 향해 뛸 때 꿈꾸던 지속 가능한 미래는 업이나 직으로서의 성공을 위한 물질적 갈망이 기반된 것이었습니다. 언택트 시대에, 강요된 일상의 멈춤 속에서의 지속 가능한 미래는 팬데믹 이전의 모든 일상이 포함됩니다. 이미 우린 너무 많은 것을 경험했습니다.

여행, 산책, 대화, 영화… 모든 사소한 것들에서 누리는 일상이 지속되는 미래를 언제쯤 갖게 될지…. 갈망으로 목이 탑니다.

하루에 몇 번 현관문으로 가서 문고리를 열고 안에서 밖으로 나가는 행위를 잊지 않기 위한 연습을 합니다.

그리곤 다시 책상으로 돌아와 앉으며 이 기간이 끝나자마자 하고 싶은 짧은 시내 여행을 꿈꿉니다.

눈이 아닌 마음으로 읽을 책을 찾고, 지나친 감상이나 자기연민에 빠지는 것을 경계합니다. 신파적이지 않으면서도 명료하고 강인한 정신을 가져야 지속 가능한 미래를 다시 찾을 수 있습니다.

현실적이지만 상투적인 것을 경계하고, 일상을 소중히 여기며, 삶의 어둠을 밝힐 일을 찾길 소망합니다. 잔인하리만치 고독한 때에도 소소하게 아름다운 일상의 순간을 만들어야 함을 압니다.

무너져가는 인생 속에서도 가끔씩 마주하는 생명력 넘치는 삶을 사는 사람들의 모습에 가슴이 뜨거워집니다.

일상의 소소한 기쁨과 열정적인 사람들을 만나기 위한 여행에 대한 열망이 당당하게 드러날 시간을 나는 기다립니다.

그땐 뒤늦은 나이지만 모험이 덥석 날 붙들지도 모르겠습니다.

행동으로 옮기지 않으면 한낱 가능성일 뿐입니다. 생각한 모든 것을 나이 핑계로, 일을 핑계로, 멈칫거리고 다음에 하겠다고 결심하는 건 참 어리석은 일입니다.

포기가 가장 쉬운 선택이니까요.

여행의 목적지로 삼을 만한 호텔을 찾고 싶고, 미술관에 가선 그림 한 점 보고 난 뒤 운명처럼 그림과의 사랑이 시작되는 기적을 꿈꿉니다.

잠실의 시그니엘이나, 반포의 메리엇, 여의도의 콘라드는 드물게 내게 편안감을 주던 곳으로 여행의 목적지로 삼아 온종일 쉬고 있어도 고립감을 잊게 한 적이 있습니다. 다시 한번 복잡한 일상 속으로 돌아가고, 그 속에서 혼자만의 달콤한 고독의 시간을 가질 수 있길 소망합니다.

이 모든 것은 강제로 격리된 것과는 전혀 다른 고독감이고 달콤한 휴식으로 기억되고 있습니다.

알라딘 헌책방, 교보문고의 책 냄새와 운명처럼 사랑에 빠지고도 싶습니다.

하드코어의 빈티지 티셔츠를 입고 여행자의 시선으로 강남 거리를 헤매고 싶습니다. 하고 싶은 너무나 많은 것들이 봇물처럼 쏟아지고 있습니다.

이것들이 있는 지속 가능한 미래를 꿈꿉니다.

숲이 아닌 나무를 보는 마이크로 세상에서 나와서 굶주린 여행자로 우리의 아름다운 행성인 지구 곳곳을 여행할 날을 기다립니다. 매크로의 세상으로 걸어 들어갈 미래가 내 집 문밖에 있을 것을 믿고 싶습니다.

보스턴에서 내 며느리로 온 어여쁜 여의사와 손을 잡고 뉴버리 포트를 함께 여행하면서, 그 친구의 반짝이는 영특함 속을 여행하는 진귀한 경험을 자가격리 전에 했습니다. 오래 기억에 남습니다.

우리들 삶의 지속 가능한 미래의 일상 속에 포함되어야 할 여행은, 이렇게 손을 잡고 함께 걸으며, 어루만지고 귀 기울이며 내 옆의 사람을 여행하는 것도 포함됩니다.

결코 기다리지 말 것

새벽 창문 밖엔 겨울왕국 주인공 엘사가 부리는 마법처럼 눈보라가 휘날렸습니다. 아침엔 서초구에서 보낸 재난 문자가 5개입니다.

나가서 걷지 못하며 바라보기만 하는 눈 쌓인 거리엔 햇살이 비치고 있습니다.

며칠 전 보스턴 경의 집 창문을 통해 만나는 풍경은 뉴잉글랜드의 차밍한 느낌을 주었는데, 오늘은 시공을 초월해서 다른 곳, 서울의 한복판에서 창밖의 눈 쌓인 풍경을 불안감으로 보고 있습니다.

같은 지구상의 세상을 보고 있지만 그 방식이 다를 때, 만나는 사람이 다를 때, 다른 감정과 다른 모습으로 차분함이나 불안감으로, 마음을 두드립니다.

절대 질리지 않고 위안을 주는 풍경이 내겐 불, 바다, 나무입니다. 플럼비치 해변의 부서지는 파도나 보스턴 시내 한복판의 술집의 매력은 또 다른 추억을 줍니다.

눈 오는 겨울날의 따뜻한 핫타디 한 잔은 불안한 마음을 녹이고 우아한 감미로움으로 인생을 생각하게 합니다. 오늘이 딱 핫타디의 날입니다. 뜨거운 홍차에 럼 한 잔, 라임을 곁들여서 마시고 싶습니다.

동트기 직전의 깜깜한 새벽, 태양이 지기 직전의 하늘을 뒤덮는 주황의 석양빛, 지금 보고 있는 눈보라 후에 쌓인 눈의 느낌들이 오버랩됩니다. 사뭇 다른 이질적 느낌이지만 삶의 또 다른 단면을 돌아보게 합니다.

더 이상 젊지 않은 나는, 결코 기다리지 말아야 삶의 순간을 살고 있습니다.

기다리고 실패할 시간이 없어진 인생 후반기로 접어들면서 기회나 사랑은 기다리는 게 아니라 만들어서 잡아채는 것이라는 말이 현실이 되는 시간들입니다.

한 치 앞이 보이지 않는 시대를 꿈을 갖고 사는 건 젊은 때나 지금이나 다르지 않습니다. 단지 시간이 많지 않을 뿐입니다. 그래서 기다리지 말고 이젠 꿈을 향해 날아올라야 한다고 다그치고 있습니다. 두려움이 발목을 잡습니다.

젊은 의사, 경과 나눈 대화는 또 다른 의미로 이런 감정을 이해하게 했습니다.

"코비드가 찾아들면서 마취과 전체 리트릿이 있어요. 선배들의 진로가 결정되고 저도 내년 이맘때쯤이면 결정을 해야 해요.

하버드 병원에서의 펠로우를 권하시지만 전 더 이상 기다리고 싶지 않아요."

"그렇구나… 하지만 한 번 더 생각해 보길 바라. 그냥 기다리는 게 아니고 더 나은 미래를 위한 투자가 아닐까?"

"미국에 어린 나이에 와서 의사만 되면 좋겠다며 고교 내내 시험에 시달리고, 조지타운대 석사를 하면서는 보스턴의 병원에서 트레이닝만 받을 수 있다면을 소원하고, 이젠 하버드에서의 펠로우를 바라는… 이젠 이런 삶이 정말 피곤해졌어요."

"네 인생이야. 난 인생 선배로 조언할 뿐… 침착하지 못하고 열정만 있는 사람이라면 조심해서 가라고 매번 지적하겠지만 넌 아냐. 침착하고 끈기 있게 걸어왔어. 그동안 준비만 하는 의대와 의사로서의 시간이 너무 길다고 느끼겠지… 이해해."

"이제 그만 기다렸으면 좋겠어요."

자기 삶에 대한 스트레스가 심한지 이 젊은 의사는 더 이상 기다리고 싶지 않다고 했습니다. 한국에 와서 내내 난 그 말을 생각했습니다. 정작 절대 기다리지 말아야 할 건 나인데 말입니다.

태양을 향해 좀 더 날아오르길 열망했던 이카루스의 이야기가 생각납니다. 아버지 다이달로스는 절대 태양에 너무 가까이 가지 말라고 당부합니다.

좋아하는 일을 할 나이라는 말의 무책임에 젊은 의사는 화를 냈습니다.

"좋아하는 일? 잘하는 일? 이라는 게 과연 따로 있을까요? 하다 보면, 묵묵히 한 방향으로 가다 보면 만나는 게 내 일 아닌가요? 하고자 하는 열정의 문제죠."

젊은이에게 세계 한 방을 얻어맞았습니다. 그래서 나이가 들면 입을 닫으라 하는 모양입니다.

삶에서 기다릴 시간이 없는 나 같은 사람은 좋아하고, 잘하는 일을 가릴 시간이 없습니다. 그래서 나는 버릴 수 없는 젊음의 단어인 열망, 꿈을 다시 부여잡습니다.

'꿈을 향해 갈 땐 북극성이라는 목표물을 정해라. 비록 그것이 도저히 실현 가능치 않고 결단코 도달할 수 없는 곳일지라도….' 나에게 하는 말입니다.

목표를 향해 가기 위한 액션 플랜은 적어도 동쪽이 아닌 북쪽으로 향해야 합니다.

북극성이 있는 북쪽. 삶의 목표가 있는 일이나 계획 속으로 걸어 들어가는 방향성이 중요합니다. 지금의 내 북극성은 나의 존재감이 빛을 발하는 일을 찾는 것입니다. 그래서 국경 없는 의사회 등의 사이트를 기웃거립니다. 타인에게, 사회에 쓸모가 있다는 효용감이 내가 바라는 행복감의 기본입니다.

그걸 위해 마냥 기다리며 시간을 낭비하지 말아야 할 삶의 시기라 쫓기듯 불안합니다.

목표에 이르는 길이 험난하고 어려울수록 배우는 것이 많을 겁니다.

삶의 변곡점은 대부분 위기나 고난을 통해 우리에게 오지만 그 변곡점, 임계점을 넘어야 우리가 원하는 새로운 세상으로의 도약이 가능합니다.

태양을 향해 날개가 녹아내려도 가야 할까, 아님 두려우니 이곳에 있어야 할까… 나이가 들어가면서 기다릴 시간이 별로 없음에도 망설이고만 있습니다.

삶이 그래왔듯 항상 변곡점을 통해 우리는 새로운 길로 방향을 틀게 됩니다. 그리고 끊임없이 가보지 않은 길 위에서 무언가를 추구하는 과정이기에 항상 불안을 껴안고 살아갑니다.

그러므로 지금 불안하고 위태롭다면 임계점 가까이의 옳은 길 어딘가에 있다는 증거일 겁니다.

때를 기다리고 느긋하게 편한 마음일 때 삶은 정체되어 있습니다. 불안을 피하고 안전감을 갈망하는 건 살아있는 인간의 본성입니다. 배가 안전한 때는 항구에 머물 때이지만 그것은 배의 존재 이유가 아닙니다.

우리의 유한한 삶 속에서 그저 안전한 울타리에만 있는 게 삶의 존재 이유는 아닐 겁니다.

실패에 대한 불안이 극심합니다.

하지만 시작하기에 너무 늦었다고 포기한 그것을 다른 누군가는 시작을 하고 있습니다.

때때로 절반의 진실은 완전한 거짓말보다 더 무서울 때가 있습니다.

더 이상 기다리지 말아야 한다는 불완전한 진실이 태양 쪽으로 가면 녹아서 죽는다는 이카루스의 전설보다 더 겁을 주고 있습니다.

살아날 방법은 단 하나, 너무 가까이도 아니고 멀지도 않는 거리를 유지하며 태양 쪽으로 날아가는 겁니다.

살아가면서 불가능하다고 말해야 할 것들이 많아집니다. 그러나 하고자 하는 열정과 계획, 노력이 있으면 그것은 이미 불가능이 아닙니다. 그러니 결코 기다리지 말고 방향을 틀어 북극성이 있는 북쪽으로 한 발을 내딛으라고 다그치는 날입니다.

결코 기다리고 싶지 않다는 젊은 의사의 조급함과 기회를 기다리며 낭비할 시간이 없는 나의 조바심 사이에 다시 눈바람이 세차게 몰아치고 있습니다.

3.

햇빛도 그늘이

있어야 찬란하다

∞

지금 하는 일을 묵묵히 할 것.
이 순간이 앞으로 올 시간을 위해 기여할 것임을 믿을 것.
– 톨스토이

∞

인생의 강제 뺄셈이 작동될 때

현대를 살아가는 영혼들에게 생각의 씨앗을 심는 건 중요한 일입니다.

무언가 과하다 싶을 정도의 운이 따를 때 난 본능적으로 조만간 강제 뺄셈의 불행이 오리라는 걸 예감합니다. 어릴 적부터 심어진 생각의 씨앗 때문입니다. 그리고 뼈아픈 강제 뺄셈기에는 이보다 더 나쁠 수 있었다며 마음을 다독이고 삶의 바닥에 엎드려 불행이 지나가길 기다립니다. 그래서 쓸데없는 잡념 또한 많습니다.

요즘은 삶의 무게를 줄이려면 생각의 양도, 잡념도 줄여야 함을 알지만 쉽지 않습니다.

잡념은 모든 창의적 생각의 시발점이므로 잡념이 많은 걸 두려워할 일은 아닙니다. 잡학이 모든 교양의 가장 기초이듯이 모든 생각은 잡념으로 출발합니다.

일로부터 받는 스트레스에서 벗어나고 싶어 하지만 나이가 들고 결코 은퇴하고 싶지 않을 때 우린 강제 뺄셈을 당하듯 사회구

성원의 자리에서 밀려납니다.

'일을 그만두길 잘했어'가 '아, 일하고 싶다. 어딘가에 쓰이고 싶다'라는 갈망으로 바뀝니다.

임신 소식을 알리며 걱정하는 커리어 우먼인 며느리에게 출산과 육아가 성공의 강제뺄셈이 아니고, 삶의 숨 고르기의 시간이라고 위로해 주고 있습니다. 성공적인 커리어를 쌓아가고 있는 중에 맞게 되는 임신은 젊은 여자들에게 많은 것에 대한 희생을 강요합니다.

무언가를 얻고 난 후엔 반드시 그에 상응한 무언가를 잃을 것에 대한 마음의 준비를 해야 합니다. 삶의 시간들이 가르쳐준 지혜입니다.

내게 요즘 말하는 굉장한 스펙의 며느리들이 들어오고, 난 어떤 형태로든 대가를 치를 것을 예상하고 있습니다. 똑똑하고 젊은 그녀들에게 시어머니란 별로 달갑지 않은 존재니까요.

사회적으로는 부동산 광풍, 그다음 주식, 비트코인 광풍이 불면서 그 어느 한 곳에라도 휩쓸릴 수밖에 없는 사회적 구조 안에서 의도하지 않은 이익을 보고, 정치판과 매스컴에 의해 투기꾼이 되는 상황을 통해 세금이든 무엇이든 불이익들을 통해 강제뺄셈이 작동하리라는 것을 직감하고 있습니다.

단지 그게 가족들의 건강 문제만 아니길 기도하고 최대의 겸손함을 유지하리라 다짐하며 있습니다.

눈에 보이는 것보다 보이지 않는 것이 갈망의 대상일 때 더욱 뼈저리다는 걸 알고 있는 나이가 되었습니다.

사랑, 관심, 배려 등은 샤넬백이나 온갖 선물로 오는 잠시의 기쁨보다 더 큰 갈망의 대상입니다.

새로 시작하는 젊은 부부들의 갈등을 보며 많은 생각을 합니다.

온갖 선물과 달콤한 언약 속에 결혼을 하고 난 후 부딪쳐야 하는 건 현실입니다. 현실 속 관계는 많은 걸 뺄셈으로 끌고 갑니다. 서로의 독립을 인정하면서 건강하게 유지해야 하는 결혼생활에서 혼자일 때 누리던 것들을 강제 뺄셈 당하는 것이 결코 쉽지 않습니다. 내가 손해만 보는 느낌….

부부로 30년을 살고 있는 나이에, 서로의 경제권을 간섭하지 않는다는 무언의 승인이 있어도, 매일매일의 일상을 함께하는 가족이다 보면 투자 광풍에 휩쓸리는 한쪽을 마냥 편하게 볼 수는 없습니다.

극도의 불안감을 가지고 어떤 형태로 인생의 뺄셈이 작동할 건가, 얼마의 상처를 받고 끝이 날 건가에 대한 고민을 하게 됩니다.

어떤 경우에든 위험을 피하라고 가르쳐온 나의 안이한 회피 본능과 파국은 피해야 한다는 구시대적 사고, 그리고 황혼이혼이 결코 답일 수 없다는 걸 알게 된 나이입니다. 어떤 경우라도 운명을 함께해야 하는 가족입니다. 그래서 질투심 많은 신을 미워합니다. 부디 나를 피해가길, 인생의 뺄셈기에 상처를 적게 받길 기도하고 있습니다.

하지만 다툼과 슬픔으로 뺄셈당한 바로 그 자리에 화해와 기쁨은 변장을 하고 숨어있다는 사실 또한 알고 있습니다.

실패나 슬픔의 시간에 불안을 줄이고 현명하게 극복할 때 성공과 기쁨은 미소를 지으며 가면을 내려놓는다는 것을 배웠습니다. 그래서 때로는 많은 것을 시간의 손에 맡기고 겸손하게 일상을 살아가야 합니다.

기어이 올 노년기의 가장 큰 뼈아픈 강제 뺄셈이 어떤 형태로 다가올지 난 아직 모릅니다. 예기치 않은 질병의 형태로 덮칠지, 삶의 체험이 일천한 젊은 아들들의 결혼생활을 통해서 올지, 아님 남편의 투자를 통해서 올지, 난 모릅니다. 그래서 요즘의 많은 잡념은 나와 이들의 가정사나 투자에 대한 근심으로 채워져 있습니다.

어떤 형태로든 내게 닥쳐올 강제 뺄셈 사건에서 살아남기 위해서는 고난에서 오는 고통이라는 문제의 해결이 필요합니다.

피할 수 없다면 버티는 겁니다.

아무리 힘들고 슬퍼도 포기는 맨 밑바닥입니다.

어떤 일을 당해도 지금이 가장 밑바닥이라고 말할 수 있는 동안은 진짜 밑바닥이 아니기 때문입니다.

행복은 WHAT의 문제가 아니라 HOW의 문제입니다. 행복은 인생의 강제 뺄셈의 슬픈 일이 닥칠 때조차도 무엇을 해야 하는가가 아니라 그 상태를 어떻게 바라보느냐의 문제입니다.

우리 모두는 아무 탈 없고 무사한 삶, 건강한 가족관계, 성공을 원합니다. 그러나 무언가를 얻으면 반드시 희생하게 되는 강제 뺄셈이 있고, 그 어둡고 힘든 시간을 인정하면서 어찌 다스리는가에 진정한 자기모습과 행복이 결정됩니다.

뺄셈기를 잘 버텨내는 것은 성숙한 인격의 바탕이 됩니다. 너무 복잡하고 힘들어서 우울하고 머리가 아플 땐 가장 간단한 게 답입니다. 정면 돌파입니다. 요행은 없습니다.

우리 모두는 부족함을 달고 사는데 소문에 들려오는 다른 사람의 성공 소식은 참기 힘든 상대적 박탈감의 근원이 됩니다. 하지만 그것들의 대부분이 항상 힘듦의 본체인 가운데 토막은 생략되어 전해집니다.

개개인이 감당해야 했던 노력과 강제 뺄셈된 불행은 빠진 채 성공의 꼬리만 전해집니다. 부족함, 실패, 싸움, 갈등이 있었을 과정은 생략되고 늘 행운의 결과만이 부풀려집니다. 그걸 안다면 상대적 박탈감도 줄어들 겁니다.

그들의 성공 뒤엔 강제 뺄셈을 극복한 행운이든 노력이든 무언가 있었음을 인정하는 게 우릴 위해 좋습니다.

열심히 살아왔는데 닥치는 인생의 강제 뺄셈이 억울할지라도 그 속에 담겨 있는 불안과 좌절, 그리고 실망을 기억하는 사람이 뭔가를 이룹니다. 강제 뺄셈된 인생으로 슬퍼하고, 괴로워하지만, 굴복하거나 포기하지 않고 담담하게 그 속에 숨은 희망을 찾으며 사는 것입니다.

좌절과 실패로 얼룩진 삶 속에서도 새로운 기회와 성공은 허름한 작업복을 입고 찾아오는 산더미 같은 일 속에 숨어있음을, 강제 뺄셈된 삶의 악천후 속에 비옷을 입고 미소를 지으며 기다리고 있음을 믿고 있습니다.

어김없이 찾아오는 인생의 강제 뺄셈기에 삶이라는 차를 몰며 과거를 비추는 백미러를 볼 땐 후회하지 말고, 다가올 미래를 비추는 전방을 볼 땐 두려워하지 말아야 합니다. 덜컹거리는 삶의 길을 어쨌든 가야 합니다.

우리의 힘으론 어쩔 수 없는 강제 뺄셈 앞에선 두려움, 결핍, 공포 등의 방어기제를 활용하면서 빠져나갈 틈을 만들 수도 있습니다. 이런 것들을 긍정의 에너지로 변화시킬 방법을 찾아야 합니다.

진심으로 지극한 것들은 다른 길을 걸어도 결국 언젠가 만나는 것처럼 우리의 삶도 지극한 진심을 담아 걸어갈 때 환한 행복의 얼굴을 드러낼 것을 믿습니다.

잡념이 많아지면 생각조차 횡설수설하며 갈피를 못 잡습니다.
인생의 강제 뺄셈에 대한 두려움 때문입니다. 오늘이 그런 날입니다.

보랏빛 소를 꿈꾸며

세스 고딘이라는 작가의 책을 읽었습니다. 그는 삶의 원동력이 두려움이라고 말합니다.

며칠 전 전혀 다른 고민 속에 있는 두 여성과 대화를 할 기회가 있었습니다.

"나이가 들고 삶의 최전방에 서니 따라갈 롤모델이 없는 게 너무 힘들어요. 정말 잘 숙성된 삶의 향기를 내는 분을 만날 수 있길 소망하는데 말입니다."

"이해해요. 잘 늙어간다는 것, 익어간다는 것은 외모부터 사회적, 경제적인 능력 등 모든 게 망라된 삶의 아우라입니다. 누군가는 너무 편협하고 누군가는 너무 인색하고… 우리는 그 어딘가에 있을 거예요."

"두려움과 결핍이 내 인생을 앞으로 나아가게 한 원동력이었고, 그것에 의지하여 여기까지 왔는데, 지금은 무엇을 동력 삼아 살아야 할지 모르겠어요."

"……."

정말 부러울 정도로 성공한 젊은 여성의 고백을 들었습니다.

"지금도 마음 깊은 곳에 상처로 남은 어린 시절의 열등감과 두려움은 절망과 공포였지만, 한편으로는 내게 성취를 위한 에너지원이었습니다. 보랏빛 소가 되기 위한 유일한 방법은 공부밖에 없었어요. 누런 소들 사이에서 빛이 나고 눈에 띄는 아우라를 가진 소가 되어, 그 가난한 동네를 벗어나 사회적 계층이동을 하는 게 꿈이었어요. 그러면서 탁월한 성취는 두려움과 불안감을 먹으며 온다는 것 또한 몸으로 배웠습니다. 실패에 대한 두려움으로 가슴을 졸이고, 가난을 극복하기 위해 밤잠을 아꼈습니다. 그러다 너무 힘들 때는 심장의 쿵쿵거리는 빈맥으로 공황장애마저 올 지경이었습니다. 그런데 지금은 그런 불안감마저 없어요. 성취를 향한 동력을 잃었습니다. 난 이렇게 꿈도 없이 늙어 갈 거예요."

그녀들의 내적 소회는 깊어가는데 난 할 말을 잃었습니다. 충분한 성취를 이룬 그들이 내 앞에서 앞으로 달리게 할 희망의 부재를 슬퍼하고 있었습니다.

이들 보랏빛 소들의 또 다른 열망이 뜨겁습니다. 그들은 이미 눈에 띄게 성공한 사람들이건만 지속 가능한 성장에너지의 고갈에 불안해하고 있습니다.

우리의 삶은 크든 작든 많은 덜컹거림이 있고, 두려움을 이겨야 한 발자국 앞으로 내디딜 수 있습니다. 두려움과 친구가 되고 불안과 함께 춤출 수 있어야 앞으로 나아갈 수 있습니다. 무언가 두려워하지 않는다면 성취 또한 없다는 것을 부적처럼 안고 성장했습니다.

그렇게 어른이 되고 전문인이 되고 컴포트존으로 들어온 뒤에는 안전지대 밖으로 나가길 거부하고 있습니다. 다시 부딪쳐야 할 두려움에서 도망치고 싶기 때문입니다.

나이가 들고 성숙하면서 또 다른 모습의 보랏빛 소가 되길 꿈꾸면서도, 감히 안전지대 밖의 위험은 감당할 수 없어서 용기를 내지 못하고 있습니다.

인생을 알아갈수록 두려움은 더욱 발목을 잡습니다. 그러면서 너무 높지도, 너무 낮지도 않게 중간높이로 날라는 이카루스의 교훈을 방패로 삼습니다.

현실을 순응하고 직시하라는 교훈은 그냥 평범함 속에서 행복을 찾으라고 설득합니다.

도전이 주는 두려움은 피하고 싶어 하면서 성공의 아우라를 가진 보랏빛 소는 되고 싶은 욕망과의 싸움을 하고 있는 요즘입니다.

보랏빛 소를 만드는 탁월한 성취를 이루려면 두려움을 이기고 도전 속에 날 던져야 하는데 겁이 납니다. 그래서 누렁소들이 모여 있는 안전지대를 나가기가 쉽지 않습니다.

내 삶을 또 한 번 앞으로 나가게 할 동력이 '이 나이에 요 정도인가? 이걸로 끝인가?'라는 열등감과 두려움인데 그것을 극복하기가 어렵습니다. 젊음은 잃을 게 없으니 무모할 만큼 덤빌 수 있었는데 지켜야 할 것이 많아진 나이가 되니 실패의 두려움을 극복하기가 쉽지 않습니다.

스스로 책임질 수 있는 소소한 일부터 시작해야 할 듯합니다.

두려움을 최소화하며 앞으로 나아가는 겁니다. 원하는 삶의 라이프스타일을 마음에 그리며….

과거와 미래. 그 틈새에 있는 오늘.

우선 실행하고, 빨리 실패하고, 다시 실행하면 된다고 최면을 걸고 있습니다. 내게 실패 후 다시 시작할 내일이 있을까 하는 두려움은 여전히 발목을 잡고 누런 소들의 목장에서 나가는 것을 주저하게 합니다.

삶은 목적지보다 모든 순간의 경험이 중요하다고 나를 설득합니다. 단순해지고, 깊어지라고 말하면서 다시 한번 보랏빛 소가 될 꿈을 꿉니다.

얼마나 많은 순간 우리는 사람에 대해, 삶에 대해 오해를 하면서 사는지 모릅니다. 사람마다 가까운 과거와 오래된 세월의 사연이 있는 법인데 우리는 말 한마디나 몸짓 하나로 사람을 쉽게 판단해 버립니다.

말을 적게 하고, 듣고 본 후 도저히 아니면 설득보다는 버리는 것을 택하는 내 성격이 주변에 두려움을 주고 그들은 그런 나의 행동이 보랏빛 소의 자신감 때문이라는 오해를 합니다. 빠져나오기 어렵고 열등감에 찼던 시절의 콤플렉스를 감추기 위한 것임을 사람들은 모릅니다.

지금 난 넘침도 부족함도 없는 행복을 추구하는 나이가 되었습니다.

최고가 아닌 최적의 만족을 찾는 또 다른 보랏빛 소의 라이프 스타일을 꿈꾸고 있습니다. 제대로 성숙된 인간이 되고, 독립적이며 세련된 아우라를 가진 존경받는 인간으로 주말이면 높은 삶의 질이 있는 동네에서 이웃들과 서로 미소와 정을 나누며 살 수 있는 곳에 있길 바라고 있습니다.

사람이 무서운 세상에선 멀어지고 싶습니다.

정서적, 경제적 독립을 다시 한번 다짐합니다. 건강한 몸으로 살아남아 노년기를 돌파해야 한다는 과제가 남아 있습니다.

아무것도 아닌 지금은 없다는 것을 내게 말하고 있습니다. NOWHERE, 아무 데도 없는 막막함이 한 칸만 띄우면 NOW HERE, 지금 여기가 됩니다.

우선 실행하고, 빨리 실패하고, 다시 실행하면, 두려움이라는 에너지를 안전한 성장동력으로 쓸 수 있다고 세뇌시키고 있습니다.

두렵고 힘든데도 계속 할 거야? 물을 때, '그럼'이라 답할 수 있는 일을 찾을 생각입니다.

압니다. 나이와 함께 풍향은 바뀌었고 시대는 다른 쪽을 향하고 있음을….

있는 그대로의 자기 자신으로, 누렁소로 살아도 되는 나이에 와 있으니까요.

그럼에도 불구하고 또 다른 의미의 보랏빛 소가 되고픈 마음

속 열망이 그녀들과 나를 살아 있게 합니다. 자신을 믿는 지금부터가 진짜 시작입니다.

지금의 시간이 날 증명할 거라는 생각은 뜨거운 마음으로 앞을 향해 가길 원하는 우리에게 가장 무서운 채찍입니다.

두려움을 무기 삼아 앞으로 나아가길 원하는 이 시대의 보랏빛 소들을 생각하는 날입니다. 이 나이에도 나는 보랏빛 소가 되는 꿈을 꿉니다.

열망
– 삶의 DRIVE

긍정적인 태도와 고도의 감정관리가 필요한 요즘입니다.

1. 인생에 되도록 한 번만 실패할 것
2. 소파에 눕지 말 것
3. 소셜 미디어에 빠지지 말 것
4. 인생의 주제를 찾으려 하지 말 것…

이른 아침에 여의천을 걷는 사람들이 많습니다.

팬데믹 시대의 답답함으로 모두 각자의 생각 속에 있는 듯합니다. 눈을 마주쳐도 밝게 아침 인사를 건네는 미국에서의 산책길이 왜 이곳에선 불가능한지 모르겠습니다. 우선 눈이 마주치면 위아래를 훑고 지나가는 시선이 싫고, 미소가 없는 경직된 눈매가 편치 않습니다.

코로나 시대의 상실감과 불안을 끌어안고 살아가기 때문일 겁니다.

공포 속 희망, 절망 속 유머, 불안 속 우아함이 뼈저리게 그립습니다.

일과 사람에게서 오는 스트레스 때문에 지쳐있는데 옆에서 이것저것을 간섭하려 합니다.

"나 오늘 인내심의 총량이 고갈됐으니, 낼 이야기해."

멈칫하며 눈치를 보고 내 방의 문을 닫고 나가는 직원의 뒷모습에서 당혹감이 묻어납니다.

피하지 않음 정말 와락 짜증을 부릴 판입니다. 마음의 여유, 다정함의 총량을 키울 방법이 없을까 잠시 고민합니다. 오늘의 기분이 내 태도가 되지 않게 하려면 체력을 기르듯 마음의 근력을 길러야 야망이든 열정이든 들어올 공간이 있을 겁니다.

쪼그라진 열망에 무엇에 의지해서 일상의 활기를 유지할지를 몰라서 불면증까지 생겼습니다. 꿈이라는 게 없으니 일상이 우울합니다. 우선 잘 먹고 잘 자야 마음의 그릇이 커질 것 같습니다.

사는 게 정서적으로 팍팍해서 불안 조절 장애에 빠지는 날이 많습니다.

가까운 이들의 암 소식과 함께 죽음의 그림자를 목격하게 되는 때에는 한순간 말문이 막히고 생각조차 얼어붙습니다. 그러면 전신에 힘이 빠지는 경험을 합니다.

한 번뿐인 삶을 살기는 나도 마찬가지인지라 묵묵히 뚜벅뚜벅 가자, 덜 조급하고 유연해지자며, 두려움을 감추고 있습니다.

'배려와 미소, 행복은 습관이다'를 외치며 마스크 속에서 열심히 입꼬리를 올리며 웃는 연습을 하지만 쉽지 않습니다. 붙잡고 살아갈 열망이라는 게 그리운 때입니다.

나는 당근에 환호하고, 채찍에 몸을 떠는 당나귀의 교훈이 판을 치는 시대를 살아왔지만 지금은 완전히 다른 시대입니다. 살아남기 위해 끊임없이 내적 드라이브를 걸지 않으면 도태되는 시대입니다.

나이와 함께 감춰야 할 것 중의 하나가 열망, 성공적인 삶을 사는 것에 대한 내적 드라이브입니다.

젊은이들에게서의 열망은 그것만으로도 자체 발광이 되어 그들의 눈을 초롱초롱 빛나게 하고 보는 사람을 뜨겁게 만듭니다. 그러나 나이 든 이들에게서의 열망은 체면이라는 말 앞에서 금기시됩니다.

하지만 열망은 인간 누구에게나 삶의 필연적 에너지입니다.

죽음을 앞둔 이들에게서 뿜어져 나오는 포기하지 않는 삶에의 의지는 우리를 감동케 하고, 그들을 뜨거움으로 기억하게 합니다. 사고가 나서 한순간 걷지 못하게 된 사람에게서의 걷기에 대한 열망은 많은 순간 기적을 만들어냅니다.

열망은 누구의 가슴속에 있더라도 고개를 꼿꼿이 세우고 고군분투하게 하는 에너지입니다.

무거운 짐에 짓눌려 있을 때도 심중의 열망은 빛을 발하고, 아무리 아픈 운명이 덮쳐도 어둠의 터널을 벗어나게 하는 힘이 됩니다. 앞으로 나아가고자 하는 열망, 죽기 전엔 진짜 죽은 게 아님을 믿게 하는 건 심중의 열망이라는 에너지입니다. 이게 꺼지고, 포기할 때가 진짜 끝입니다.

나는 아직도 내 속에서 꺼지지 않고 있는 열망으로 때때로 홀로 뜨겁습니다.

어디서 어떤 모습으로 삶의 나머지 부분을 보낼까… 라는 생각만으로도 하루의 시간이 짧을 때가 있습니다.

공부하고 일하고 자식들에 대한 양육의 짐까지 마친 후의 홀가분함 속에서 나 자신에게만 집중할 수 있는 지금. 그래서 이 시간을 삶의 황금기라 한 모양입니다.

자식 리스크가 은퇴 후의 삶을 망친다는 부인할 수 없는 현실 앞에서, 조금 다르게 생각하면 그 또한 괜찮습니다. 독립적인 개체로 품을 떠난 자식들이 설령 이혼을 하고, 사업에 실패해서 나이 든 부모의 깃털 빠진 날개 밑으로 들어온들 함께 비바람을 피하면 될 일입니다.

각자의 가슴속 열망의 불씨를 다시 살려서 나가면 되지 않을까 합니다.

노후를 위한 재정문제의 해결에 앞서서, 정신적인 고결함에 대한 열망이 가슴을 뜨겁게 달구는 요즘입니다.

본받을 만한 취향을 가진 좋은 아우라는 나이와 함께 그냥 오는 것은 아닙니다. 끊임없는 노력으로 만들어진 재능, 명상을 통해 내면을 들여다보는 깊은 성찰, 그리고 좋은 장소나 물건들에 대한 고상한 취향이 있어야 한다고 생각합니다.

결국 재능, 성찰, 취향이라는 3가지로 구성된 내적 드라이브가 만들어내는 결과물이 성공입니다.

좋은 취향은 삶 전체에 향기를 부여합니다. 그것을 향한 열망이 무엇으로, 어디로, 향해가야 하는지의 방향성을 제시하고 있습니다. 삶의 향기, 아우라… 어려운 단어입니다.

멋지게 나이 들기 위해 세련된 옷차림과 멋진 동네의 집, 그리고 경제적 자유는 기본일 겁니다. 그러나 몸 전체에서 뿜어져 나오는 아우라나 눈빛에서 읽히는 뜨겁고 생동감 있는 열정은 그 모든 것을 압도합니다.

동서양의 문화를 연구하는 이들은 동양인은 상대의 눈에서 감정을 읽고, 서양인은 상대의 입 모양에서 사람을 읽는다고 합니다. 맞는 지적입니다.

사람을 볼 때 우린 눈빛에서 순수함을, 영특함을, 열망을 읽어 내지만 서양인들은 환한 미소를 가진 아름다운 입술에 열광합니다.

마음속 열망의 불씨를 큰 불꽃으로 피어나게 할 방법은 없을까가 요즘의 고민입니다. 성공적인 삶으로 부를 일구어낸 사람들의 매일의 습관을 따라 배우려 합니다.

세계 백만장자 200명의 공통점이라는 걸 경제 매거진에서 읽고 재빨리 메모해 둔 기사입니다.

'쉼 없는 독서, 체력을 유지할 적당한 운동, 일 시작 3시간 전의 기상, 자기만의 뚜렷한 목표, 매일 15분 정도의 명상이나 생각, 그리고 모든 사람들에게 기본적인 예의를 갖추는 것…'

이게 진짜 부자들의 아우라를 만드는 비법이었다면 기꺼이 따라 하고 싶습니다.

진짜 존경할 만한 부자들을 만날 때, 진심으로 가지고 싶던 그들만의 아우라가 있습니다. 눈빛과 목소리에서 느껴지던 범접할 수 없는 조용한 카리스마와 열정의 에너지가 미국에서 내가 만난 성공한 사업가들의 모습이었습니다.

본인들이 축적한 부를 재단으로 하여 제3세계를 돕기 위한 계획을 세우는, 그 뜨거운 드라이브가, 어디서 나오는지 그땐 몰랐습니다.

그들을 닮기 위한 또 다른 열망을 품에 안습니다.

존경에의 갈망

"Dear Kyung;

we saw how the universe unfolded success and near failure in pairs through the emergent case.

In medicine we have to always be humble and vigilant.

....

Failure and success come in a twin pack.

We have to stay humble is our success and keep our spirits up in failure.

It was great working with you.

You have great skills and a fantastic work ethic.

— Dr. Shan"

세계적인 마취과 의사인 닥터 샨이 오경 선생과 매사추세츠 병원에서 함께 응급상황을 겪으며 평가를 보낸 이메일입니다. 이분의 짧은 글은 차라리 삶과 의학을 관통하는 철학입니다.

의사에게 실력이 없는 건 죄악이라는 극단적 소릴 들으며 의대를 졸업한 우리들입니다. 의료현장에선 매번 환자를 살리기도 하고, 생명을 놓치기도 하는 일이 반복되고 있습니다. 신의 손이라고 인정받는 외과 의사조차도 번번이 찾아오는 실패는 어쩔 수 없는 운명입니다. 그런 바닥에서 매번 생명을 다루는 미국의 존경받는 한 의사가 실패와 성공이 항상 한 패키지로 온다는 것을 후배 의사에게 상기시키고 있습니다.

이분처럼 실력과 겸손을 겸비하고 의료인의 양심에 철저할 때 우린 절대적 존경을 보냅니다.

그런 존경을 받는 분이 함께 일한 젊은 레지던트의 일 처리능력을 보며 최고의 칭찬을 보냈습니다. 정말 부러운 일입니다.

존경과 칭찬은 인종도, 계급의 위아래도, 나이도 초월하는 게 미국의 존경받는 의사 사회입니다. 실력과 도덕성이 존경의 첫 번째 덕목입니다.

그런 의미에서 오경 선생은 정말 부러운 젊은이입니다. 난 존경을 갈망만 하고 있는데 말입니다.

요즘 나만의 생활 규칙을 만들어 몸에 익히려 노력 중입니다.

'매일 15분의 저널-일기 쓸 것, 밖으로 나갈 것,
어디서든 내 자리를 만들 것, 눈에 잘 띄는 곳에 존재할 것,
그리고 남은 인생을 걸어 볼 목표를 찾을 것.'

목표는 내 북극성일 것입니다.

존경을 그 북극성의 자리에 올려놓고 바라보고 있습니다. 영영 도달할 수 없을지 모릅니다. 성공은 내 노력만으로도 가능하지만, 남에게서 받는 존경은 노력만으로 되는 일이 아니기 때문입니다.

그러나 적어도 그것이 있는 북쪽을 향해 가려 합니다. 존경에의 갈증이 내적 욕구의 근원이 된 요즘, 무엇을 해야 주변에서 존경을 받는 어른이 될지… 내 취향과 능력에 어떤 습관을 들여야 가능할지 고민 중입니다.

'탁월한 사람들에게 규칙적인 습관이란 야망의 또 다른 표현이다.'라는 누군가의 말에 전적으로 동감합니다.

규칙적으로 갈고닦아 몸에 밴 실력은 일에 대한 탁월한 지식과 처리능력을 기르고, 겸손함과 함께 존경의 바탕이 됩니다.

다시 한번 내 북극성인 삶의 지표를 돌아봅니다.

'사람을 대하는 정중한 미소와 태도, 일을 처리하는 열정과 집중력, 언어에서 느껴지는 신뢰감'

이것을 위해 습관처럼 미소를 장착하고 있지만 일을 처리하는 열정은 아직도 지지부진합니다.

오경 선생이 본인의 직속 마취과 과장이면서 세계적인 명성의 선생님에게서 이런 개인적 이메일을 받은 건 준비된 행운일 겁니다.

항상 공부하고 겸손함을 잃지 않은 후배의사에게 준 최고의 찬사입니다.

크고 엄청난 기회는 언제나 작은 소포 상자에 담겨 배달됩니다. 닥터 샨의 짧은 이메일처럼….

내가 얻고자 하는 존경심은 세련되고 품위 있는 태도가 몸에 밴 습관에 담겨 내게 올 것입니다. 그것의 아우라로 만들어지는 성공적인 삶은 또 다른 박스 속에 담겨 배달되겠지요.

이기기 위한 게임은 무엇을 하든 목표를 낮게 잡고 시작해야 합니다. 내가 이길 수 있는 게임 규칙을 만들어야 하기 때문입니다. 반면에 사랑이나 존경은 내 쪽이 아닌 상대를 향한 이해가 전제되어야 합니다.

헌신적인 사랑은 그래서 부담스럽습니다.

온 마음과 정성을 다한 사랑을 받으면 숨이 막히는 부담감에 질식할 듯합니다. 한쪽으로 기운 사랑보다는 존경이 훨씬 매력적인 이유입니다.

세상의 반려견들이 사람들로부터 가장 안정감을 느낄 때는 만져줄 때가 아니라 그저 옆에 있어 줄 때라고 합니다. 우리들 사랑의 뜨거움도 딱 그만했으면 좋겠습니다.

자신이 원치 않는 것을 타인에게 강요받지 않고, 자신이 원하는 것을 추구할 수 있는, 적당한 거리가 있는 개인주의적인 사랑의 여백. 그래야 서로 평안하고 행복한 삶의 추구가 가능하지 않을까요? 헌신적인 사랑이 두려운 이유입니다.

나이가 들면 노안이 시작되고 물건에 가까이 눈을 대야 잘 보입니다. 그렇듯 젊음은 먼 미래를 보고 노인은 가까운 지금을 보는 게 당연합니다.

나를 찾아가는 뜻깊은 여행은 멀리 떠나야 가능하다는 믿음을 가지고 있었습니다. '어떻게 살아야 내가 원하는 삶을 사는 걸까?'를 고민하지만 아무리 생각해도 모르는 것은 젊을 때나 지금이나 같습니다.

항상 여행을 떠났다 돌아오면 변함없이 그대로 남아있는 일상의 잡다함 속에 가끔은 아무 일도 없는 다행이 숨어있음을 발견합니다. 더 나쁜 일이 있을 수도 있었습니다. 얼마 전 제주도의 메종글래드에서 일주일을 보낸 후 일상으로 돌아와서 느낀 감정입니다.

일상의 소소함 속에서 행복을 찾는 조용한 세련됨을 보이면 젊은이들에게 안정감이 깃든 존경을 받게 되리라 생각합니다. 젊은이들로 채워진 애월읍의 푸른 바다 앞에서 난 새삼 존경스러운 어른이길 갈망했습니다.

젊은이의 미래는 노인이고 노인의 미래는 지금이라는 사실을 누구도 피할 길은 없습니다. 그래서 사랑보다는 존경을 갈구하나 봅니다.

나이가 들면서 우린 모두 죽음이라는 출구 없는 동굴로 들어서고 있습니다.

홀로 들어가는 동굴에서 우릴 기다리는 것은 서늘하고 시퍼런 고독뿐입니다. 그러면서 우린 알게 됩니다. 시간은 덧없고, 사랑하는 것은 힘겨운 일임을….

그럼에도 불구하고 이런 존재의 가벼움 속에서 무상함을 이기는 것은 사랑뿐입니다.

그러나 희생을 전제로 하는 헌신적 사랑은 싫습니다. 존경하는 마음이 그것을 대체할 수만 있다면 얼마나 좋을까를 생각합니다.

질병이든 노화든 일상을 잃어버리는 순간, 우리는 영원한 격리와 죽음을 생각하게 되고, 무엇을 소망해야 하는지가 명확해집니다. 사랑인지, 존경인지….

과잉감정으로부터 자유로우며, 덜어내고 또 덜어내 남은 것들로 채우고 싶습니다.

삶의 마지막 동굴 속으로 가져가고픈 것은 존경과 사랑, 그리고 음악입니다.

'창문 넘어 도망친 100세 노인'의 말이 있습니다.

'소중한 순간이 오면 따지지 말고 누릴 것.

우리에겐 내일이 오리란 보장이 없으니……'

늙는다는 것은 약해지는 것입니다.

약한 것은 서럽습니다. 그래서 존경을 갈구합니다.

보스턴 병원의 영민하고 매력적인 오경 선생이 내게 존경에의 갈망을 불러일으켰습니다.

평정심은 내면의 얼굴

이유 없는 불안감에 온종일 시달릴 때가 있습니다.

마음속으로 수없이 calm down!을 말하며 '별일 없다'는 주문을 외우다 우연히 마주친 조용하고 위엄 있는 아우라를 풍기는 사람 때문에 한동안 뒤를 돌아봅니다.

젊었을 땐 세련된 옷차림과 향수 냄새가 날 붙들었는데 요즘은 평안함과 위엄이 느껴지는 몸의 향기를 가진 사람들이 내 발길을 잡습니다.

누구나 각자만의 불안감과 약간의 우울감은 코로나 시기가 아니라도 존재합니다. 이런 불안감을 어떻게 처리하며 평정심을 유지하는지가 그 사람의 인품을 말합니다. 내면의 얼굴입니다.

너무 많은 생각에 짓눌려 죽을 지경일 때 산책길에서, 호텔의 에스컬레이터에서, 평정심의 얼굴을 가진 사람을 만나는 것은 행운입니다. 스치는 그 사람의 아우라를 통해 내 불안함이 희석되곤 합니다. 삶에서 부딪치는 온갖 것으로부터의 정서적 거리 유지가 코비드 시대의 사회적 거리만큼은 있어야 저런 평정심을 유지하지 않을까 생각합니다.

압구정동의 새로운 호텔 안다즈에서 학회를 핑계 삼아 일박을 했습니다.

집을 놔두고 여행 기분이라도 내지 않으면 답답해서 미칠 듯했습니다.

정말 힙한 호텔입니다. 건축물과 인테리어가 젊고, 호텔은 직원들에게 정장 대신에 티셔츠를 입혔습니다. 웅장한 위압감을 주는 대신 젊은이들의 수다와 밝음으로 가득 찬 분위기의 호텔 로비에서 난 여지없이 늙은 세대의 냄새를 풍기는 듯했습니다.

다른 호텔에선 전혀 느끼지 못했던 청춘들이 주는 위화감이었습니다.

젊은 직원들과 압구정 분위기의 묘한 위화감 속에서 내면의 얼굴은 여지없이 불안감을 표출합니다.

늙음에 대한 불안감이 밀려왔습니다.

나이 든 자로서의 생존법을 생각하지 않을 수 없었습니다. 아무리 비싼 옷을 걸쳐도 젊음의 활기를 대신할 순 없습니다. 슬그머니 왁자지껄하고 활기찬 곳을 빠져나와 호텔 밖 압구정 뒷골목을 걸었습니다. 평온하게 앉아있었으면 될걸, 괜한 자격지심이었을 겁니다.

그리고는 더 이상 젊지 않은 것에 불안해졌습니다. 마음의 평정심을 위해 심호흡을 하며 다짐했습니다.

'짓누르는 고정관념으로부터 빠져나와 정서적 거리를 둘 것.

항상 최악을 염두에 둘 것.

보고, 듣고, 침묵할 것, 자신감을 가질 것,

불쾌한 일을 진지하게 받아들이지 말 것. 사소한 일에 목숨 걸지 말 것.

변명하지 말 것. 미소 지으며 거절할 줄 알 것.

머릿속을 잔잔한 물결처럼 그저 내버려 둘 것.

……'

끝도 없는 자기 주문입니다.

머릿속을 헤집고 고민하게 하는 행복의 문제, 존재의 의미도, '왜 사는가'라고 물으면 답이 없습니다. 어떻게 살고 싶은지를 물어야 그곳으로 가는 길이 보입니다. 그 여정에 평정심은 절대적 수단입니다.

젊은이나 남과의 비교로 평정심을 잃어버리는 멍청한 짓은 그만두어야 합니다.

압구정 뒷골목을 빠져나와 당당히 젊은이들 무리로 가득 찬 조각보 레스토랑에 홀로 들어가 와인을 시켰습니다.

젊음에 주눅들지 말자, 저들도 곧 나와 같아지리니….

엄마 배 속에서 나오는 순간, 인간의 초기 상태는 행복이었을 겁니다.

살아갈수록 불필요한 걱정과 경쟁, 잘못된 신념으로 불행해집니다. 행복해지려면 이 모든 쓸데없는 비교와 경쟁, 욕심을 버리고 초기 상태로 돌아가야 합니다.

컴퓨터를 쓰다 엉망이 되고 커서가 작동하지 않을 때는 전원을 끄고 초기 화면화해야 작동하듯, 우리의 행복도 그렇습니다. 모든 잡다한 생각들을 버리고 멍하게 비우고 그곳에서 다시 시작해야 합니다.

실제 일어나고 있는 내 앞의 현실에서 머릿속을 채운 기대를 뺀 양이 행복입니다. 기대의 양을 덜어내는 것. 그러려면 마음의 평정심을 유지하는 게 중요합니다. 이미 일어난 일은 변할 수가 없고 불행을 바꿀 수는 없습니다. 오직 할 수 있는 건 내가 변하는 것입니다. 그들에 대한 내 생각을 바꾸는 것입니다.

불행 앞에서 초연하기는 쉽지 않은 일입니다. 그럼에도 불구하고 유일한 탈출구는 현실을 직시하고 헛된 기대를 버리려 노력하는 겁니다. 이때의 절대적 도구가 평정심입니다. 하루하루의 부질없는 불안감도 털어내기가 쉽지 않은데 마음의 평정을 유지하는 건 잘 닦여진 내면이 있어야 가능한 일입니다.

우리가 진정으로 소유할 수 있는 것은 어쩌면 하루하루의 시간뿐일 겁니다.

우리가 두려워할 것은 아직 오지 않은 미래가 아니라, 지금 놓치고 있는 현재입니다.

견디기 어려운 모든 상황으로부터 정서적 거리를 유지하는 평정심으로, 힘들고 우울한 상황을 세련된 언어와 행동, 품위로 만드는 일은 예술작품을 만드는 일만큼이나 가치 있는 일임을

154

새삼 깨닫습니다.

감정이나 생각도 한곳에 오래 머물면 고인 물처럼 썩습니다.

명상집이나 시집을 꺼내 읽으며 내 마음속의 핀 곰팡이를 걷어내고 있습니다.

인생이 싫어질 땐 와인을 마십니다.

외로운 내게 허무를 선동하는 글들은 과감히 찢어버립니다.

이유가 없어서 더 쓸쓸할 때는 모든 것에 정서적 거리두기를 하며 평정심을 찾습니다.

'인간은 슬퍼하고 기침하는 존재. 그러나 뜨거운 가슴에 들뜨는 존재'라는 찰스 부코스키의 말에 울컥하는 시간입니다.

평정심을 갖춘 내면의 얼굴을 갖기엔 시간이 더 필요한 듯합니다. 2011년 동일본 대지진 때 컴퓨터와 스마트폰도 안 되고, 먹을 것도 부족했던 그 절박했던 시간에 책방으로 간 일본인들을 찍은 사진이 있었습니다. 이는 노르망디상륙작전에서 부상당한 병사들이 절벽에 기대 책을 보던 영화의 한 장면과 오버랩되면서 많은 것을 생각하게 합니다.

상상할 수 없는 최악의 상황을 마주한 일본인들과 전쟁터 병사들의 평정심을 지켜준 물건은 책이었습니다.

'평화롭게 사는 자가 오래 산다.

보고, 듣고, 그리고 침묵하라.

최악의 것을 늘 염두에 두라. 어떤 일이 닥쳐도 늘 평정심을 유지하기 위해….

– 작자미상

내면의 얼굴에서 평정심이 읽혀지길 간절히 바라는 날입니다.

자유를 상상한 죄

　사무엘 베케트의 연극 '고도를 기다리며'에서 주인공은 끊임없이 무언가를 기다리는데 그것이 무엇인지 모릅니다.

　인생도 마찬가지입니다. 성공을, 사랑을, 행운을, 그리고 자유를 기다리며 젊음을 보내고 나이가 들지만 정작 무엇 때문에 사는지, 무엇을 기다리는지, 아직도 모릅니다. 그냥 그렇게 외롭고 고독하게 살다 가는 게 삶일지도 모릅니다.

　그리고 간혹 얻어걸린 운에 잠시 행복합니다.

　사랑도 마찬가지입니다. 상대의 존재는 사랑을 할 수 있게 해주고, 그 사람의 부재는 사랑의 양을 알 수 있게 합니다. 부모, 자식, 애인 등, 그들에 대한 사랑의 양에 따라 부재가 고통스럽습니다. 그래서 불안합니다.

　자유를 갈망하는 인간에게 불안과 좌절은 숙명적인 짐입니다.

　특히 이제 본인의 삶을 시작하는 청년들에게 경제적 자유는 어깨에 무겁게 얹혀있는 짐짝입니다. 왜냐면 청년들에겐 필요 이상의 욕망, 성공에의 야망이 몸 안에 갇혀있기 때문입니다.

그래서 청춘들은 자유를 갈망하는 순간부터 허기지고 목이 마르게 됩니다.

이카루스처럼 날개짓을 하며 자유를 찾아 하늘 위로 비약합니다.

끝없는 자유를 상상하고 찾아 헤매지만 어느 곳에도 우리가 염원하는 자유, 꿈, 사랑이 없음을 목격합니다.

꿈과 사랑, 경제적 자유의 부재를 확인하는 헛헛한 가슴들.

그 앞에서 우린 속수무책입니다.

자유를 상상한 푸르고 비린 청춘의 가슴은 하나 가득 슬픔과 좌절뿐입니다.

불안과 절망을 공기처럼 먹고 삽니다. 어디 청춘뿐일까요? 인간인 우리 모두의 숙명입니다.

사랑이 깨지고 많은 것을 잃어버린 날이면 우리들 가슴속 꿈은 홀로 타오르고, 자유를 갈망한 죄를 받습니다. 절망과 불안, 두려움들이 밀려옵니다.

갑자기 집과 주식값이 공포영화처럼 치솟자 벼락거지라는 자조감 섞인 말이 유행입니다. 열심히 일하는데 무능한 정권 탓에 나만 타인에 비해 가난해진 느낌. 돈으로부터의 자유를 갈망하는 많은 젊은이들의 자조 섞인 불안감이 팽배한 시대의 강물이 흐르고 있습니다.

산업사회에서 인터넷의 시대로 접어드는 변혁 속에서 사회적 계층 간 불균형이 극심해졌습니다. 경제적 자유를 꿈꾸는 우리 모두의 등 뒤에서 IT 사회는 문을 걸어 닫았습니다. 아날로그 사회로 돌아나갈 길이 막히고 디지털 사회로 진입해서 경제적 자유를 얻을 길은 요원합니다. 이젠 메타버스 세상이 오고 네이버의 제페토 열풍입니다.

독자승직의 시대에 그네들끼리의 성공방식에 따르는 길만이 걸어 닫힌 등 뒤의 문을 여는 유일한 방법입니다.

또 한 번 이카루스의 교훈을 되새기는 시대입니다.

'적당한 간격을 유지하라. 너무 뜨거우면 죽고 너무 멀어도 얼어 죽는다.'

코로나 시대의 절대적 구호인 사회적 거리두기라는 구호 속에서 우린 등 뒤에서 걸어 닫힌 동굴 속에 갇힌 듯합니다.

자유를 기다립니다. 고도를 기다리듯…….

지금 우리에게 필요한 것은 우선 멈춤입니다.

그리곤 자신에게 "내가 무엇을 할 수 있지?"가 아니라 "내가 지금 무얼 하고 있지?"를 물어야 합니다.

자유를 갈망해서 얻은 불안과 두려움에 휘둘린 몸을 빼내오기 위해서입니다.

화내고 고민하는 대신 대안을 찾아야 합니다. 뜨겁게 달궈진 머리와 가슴의 증오나 불안을 쿨하게, 차갑게 해야 합니다. 그래야 자유로 가는 길 위에 설 수 있습니다.

현실적인 격차나, 경제적 자유를 박탈당한 허망감 속에서 현명한 처신을 하기 위해 머리를 비우고 멀리, 전체적인 숲을 보아야 할 때입니다.

우리에게는 날마다 새로운 하루가 오는데, 다음을 생각하는 생각의 부재는 우리의 두려움을 증폭시킵니다. 그만큼 자유의 길도 멀어집니다.

우리가 마주한 한계 안에는 또 다른 의미의 자유를 향한 기회가 들어있습니다.

돈 없고, 배경 없고, 계획도 없는 한계에 놓인 때는 오히려 완전한 자유를 느끼며 바닥부터 다시 시작할 수 있습니다. 지킬 것이 없으면 편해집니다.

영끌(영혼까지 끌어모은) 한 돈으로 아파트에서 주식시장으로, 지금은 비트코인 시장으로 불나방처럼 날아드는 사람들은 이 시대의 강을 건너는 우리 모두의 모습입니다. 경제적 자유를 꿈꾸는…….

자유를 찾는 우리의 죗값은 두려움과 불안입니다.

모두가 등 뒤에서 걸어 닫힌 문을 피해 나가길 갈망하며 그날을, 자유의 고도를 기다립니다.

한계 속에 숨겨진 자유를 향한 날갯짓을 다시 하기 위해 우선 멈추고 쉴 것이 요구되는 시대입니다. 그만둔다는 것은 포기가 아니라 다음으로 넘어간다는 것입니다. 흔히 말하는 삶의 터닝 포인트, 임계점입니다.

경제적 자유를 찾아, 아름답고 이상적인 사랑을 찾아, 날갯짓을 하며 날아올랐는데 그곳엔 우리가 찾는 성공과 자유의 부재를 알리는 깃발만 펄럭이고 있습니다. 절망과 두려움 속으로 다시 빠져 허우적거리며 한계 앞에 무릎을 꿇습니다.

자유를 향한 죗값은 너무나 혹독한 불행으로 우릴 시험에 들게 합니다.

이때가 삶의 임계점일 겁니다.

평정심을 유지하며 이때야말로 내가 뭘 하고 있는 거지? 라며 툭툭 털고 일어나야 합니다. 최악을 생각하고 항상 PLAN B를 가슴에 품으면 마음의 평정심을 유지하기가 쉽습니다. OPTION B를 손에 들고 있으면 많은 순간 불안감으로부터 자유로울 수 있습니다.

한계로 인해 실패할 때, 누군가로부터 거절당한 때 기억하면 좋은 피터의 법칙이라는 게 있습니다.

"NO란, 실패란, 한 단계 더 높은 곳에서 시작하라는 말이며, 빠르게 움직이고 일할수록 시간은 천천히 흐르고 더 오래 살며, 미래를 예측하는 가장 좋은 방법은 미래를 만드는 것이다."

자유를 꿈꿀 때는 밀려오는 불안과 좌절을 친구처럼 데리고 살 힘을 가져야 합니다. 많은 순간 오히려 이런 두려움과 불안이 성공을 이끌어 내는 원동력, 에너지원이 되기도 하기 때문입니다.

그러므로 사랑에 배신당하더라도 절대 그리움에 함몰되지 말고 더 늦어지기 전에 일상으로 복귀해서 스스로 자신의 미래를 만드는 게 현명합니다.

남이 만들어놓은 것은 자기 것이 아니며 필연적으로 불안을 동반합니다. 그러면서 우리는 새로 정의되는 사랑과 자유를 한계 속에서 배우게 됩니다.

경제적 자유와 아름다운 사랑을 꿈꾸는 우리들에게 필연적으로 따라오는 실패와, 자유를 상상한 죄를 감당해야 하는 우리에게, 최악의 상태를 대비한 플랜B는 이 한계를 넘는 훌륭한 도구입니다.

"때때로 큰 생각은 큰 풍경을 요구하고, 새로운 생각은 새로운 장소를 요구한다."

알랭 드 보통의 말입니다.

자유를 향한 여행이 그리운 때입니다.

때때로 나를 비롯한 모든 것들이 소모품처럼 느껴질 때가 있습니다.

그속에서 버려지고 싶지 않은 나를 봅니다. 작지만 소중한 것이 될 수는 없을까요?

인간의 어쩔 수 없는 숙명인 불안과 고독의 시간들과 헛헛했던 꿈과 사랑들.

자유 앞에서 속수무책이었던 내 젊은 시간들이여,

잘 가라…….

3. 햇빛도 그늘이 있어야 찬란하다

자아실현의 허망함

일요일 아침 무작정 차를 몰고 서해안 고속도로를 탔습니다.

항상 그렇듯 양재나들목에서 빠져나가는 길을 안내하는 네비 아가씨의 말에 혼동이 생겨 관악산을 돌았습니다. 그냥 바다를 보자며 나온 길입니다.

서해안을 따라 도착한 곳이 보령의 대천 바다이고, 이렇게 가슴이 휑 빈 때는 누굴 만나는 것은 자칫 우울한 인상을 남길 수 있어서 철저히 홀로이길 고집합니다.

"코로나가 기승을 부려서 머드축제도 취소되고 한여름 장사로 일 년을 사는 우리인데 정말 어렵습니다. 싸게 드릴 테니 파라솔 이용하세요."

"J. 깎지 말고 제값 드려. 난 책과 컴퓨터를 가져왔으니 넌 가서 볼일 보렴."

보령 토박이인 남자와 결혼해서 그곳에서 애들을 키운 J가 해변까지 나와서 함께하려는 것을 마음만 받고 돌려보냈습니다.

오직 바다와 나. 그 앞에서 요 며칠 나를 괴롭힌 자아실현이라는 화두를 꺼내 들었습니다.

'내가 설계한 인생을 살고, 내 능력을 개발하고, 내 인생을 가치 있게 사는 것'이 자아실현이라 합니다.

하지만 정작 내가 설계한 인생은 없었고 그저 내가 갈망하는 삶 쪽을 바라보며 걷다 보니 여기까지 왔습니다. 더 잘될 수도 있었겠지만 여기까지입니다.

내 앞에 펼쳐진 바다가 나의 자아실현이 얼마나 보잘것없었는지를 돌아보게 합니다.

능력개발은 생각할 틈도 기회도 없었습니다. 그러니 지금도 삶의 가치를 고민하고 있습니다. 그렇게 두어 시간을 바다와 마주하며 보냈습니다.

"저희 가도 될까요? 대천에 오셨다는 말을 듣고 얼굴 뵈려고 하는데….."

Y 커플의 전화입니다.

"세상에… 소문도 빠르네. 와서 둘이 시간 보내고 가. 파라솔 하나 더 계산해 놓을게."

이렇게 옆을 지켜주는 사람들 덕으로 살아가면서도 그 존재의 고마움을 잊고 삽니다.

언제나 나, 나, 나…… 자아실현을 앞세워 그들을 곁에 두지 않았습니다.

그러다 갑자기 허망함이 밀려오면 이렇게 바다를 찾아 숨을 쉽니다. 그러면서 내 옆의 존재들과 함께하지 않는 자아실현이 얼마나 공허한 것인지를 깨닫습니다.

"사는 게 무엇인지 모르겠어요. 답이 없고 빨리 성공은 해야 노후가 불안하지 않을 텐데… 오셨다는 말을 핑계 삼아 저희도 위로를 받으러 왔어요."
"……바다와 얘기해. 난 자격이 없어."

우리가 사는 세상은 장애물이 너무 많고 자아실현에 실패하면 대면해야 하는 자기 비하와 절망을 어찌 극복할 건가의 고민이 많은 삶입니다.

이런 절망을 이겨가며 살기에 우리들 삶에는 고뇌의 얼룩들이 곳곳에 남아있습니다. 가능하면 빨리 성공하고 싶고, 스스로에게 내일이 기대되는 약속을 할 수 있길 소망했는데, 많은 순간 실패의 두려움 때문에 내 장래가 아주 서서히 눈부셔 주길 기도하기도 했습니다.

불행히도 나는 빛이 나기도 전에, 자아실현을 이해하기도 전에, 꿈을 접어야 할 시간이 온 듯합니다. 그런 기분으로 바다를 찾아왔습니다.

나이는 먹고 날마다 똑같은 일을 하며 세상에 끌려가고 있습니다.

안 하던 일을 하고, 안 가본 곳을 가는 게 세월에 끌려가지 않는 길입니다.

안 가본 길 위에서 낯선 사람과 만나 상대의 가슴에 들어가고, 마침내 그의 머리로 올라가는 꿈을 꿉니다. 사랑이 시작되는 지점입니다.

그든 나든 서로의 가슴과 머리가 이어지면 비로소 감성과 이성이 바탕이 된 영혼으로 가는 길이 열리기 때문입니다. 한 사람의 영혼을 얻는 일은 세상의 그 어떤 성공으로 포장된 자아실현보다 경이롭고 가치 있는 일인데 그걸 몰랐습니다. 지금 내 옆에 달려와 주는 이들도 그걸 아는데 나만 모른 듯합니다.

"살면서 세상의 불필요한 요구에 의무를 다하느라고 나에게 중요한 일에는 소홀했어. 가족에의 책임감 때문에 포기하는 자아실현을 위한 희생들이 너무 많았어. 다른 사람들의 기대를 나의 자유의지보다 높게 두면 안 될 일이었어……."

나의 핑계엔 끝이 없습니다.

"남편, 자식, 부모 형제는 어쩔 수 없이 내 인생에서 기꺼이 걸려 넘어져 줘야 할 대상으로 있고, 그곳에서 자아실현이란 헛된 망상이었어……."

끝없이 이어지는 자기 합리화…….

바다가 말합니다. 참 딱한 인생이구나……

함께 걸을 수는 있지만 어느 누구도 나 대신 걸어줄 수 없는 길에 서니, 그 모든 자아실현을 위한 소망들이 손이 닿지 않는 옷장 깊은 곳에 걸려있는 값비싼 명품 옷들 같습니다. 버리지도 못하고 입지도 못하는…….

삶이 여행이라면 종착역이 어딘지 우리 모두는 알고 있습니다.

자식, 가족이라는 무한의 의무를 요구받는 관계에선 자아실현이란 존재하지 않는 단어입니다. 그러다 홀로 남게 되었을 때 비로소 내던져버린 자아실현의 허망함이 몰려옵니다.

내 힘으로 만든 독립된 삶의 공간이 없다면 몸 하나 기거할 곳이 없습니다. 사랑이라는 이름으로 미화된 관심은 지겨운 간섭과 노망으로 치부되어 모두를 달아나게 합니다. 자아실현이 아니라 독립적 삶을 위한 기본능력의 문제입니다.

여행이란 떠나고, 앞으로 나아가고, 도착하는 것으로 구성된 과정입니다. 내 짐을 누가 대신 들어줄 수도 없고 요구할 수도 없는 것이 여행입니다.

인생 여행엔 그런 것이 간과되어 있습니다. 가족의 이름으로 기꺼이 짐을 한 몸에 지고 가야 할 때가 많습니다.

"삶은 무겁고 죽음은 가볍다. 죽음은 날이 저물고, 비가 오고, 바람 부는 것 같은 자연현상으로 애도할 수 있는 상태가 아니다.

죽음은 쓰다듬어 맞아들여야 할 상대지 싸워서 이길 대상이 아니다.

가볍게 죽자."

– 김훈

168

내 잡다한 생각에 찬물을 끼얹으며 입을 다물고 조용히 하라고 작가는 말합니다.

죽음 앞에서 자아실현이라는 것은 지극히 허망한 의미입니다.

내 직업이 의사입니다. 수없이 많은 죽음을 보면서 차마 말로 뱉어내지 못한 현실이 있습니다.

사람은 치명적인 병에 걸리는 순간부터 병상에 구속됩니다. 의사도, 부자도, 권력자도 예외는 없습니다. 죽어감이 시작되면서 살아있는 존재들로부터 분리됩니다. 그는 더 이상 살아있는 존재가 아니라 죽어가는 존재, 그 이상도 이하도 아닙니다.

노년의 길 위에 접어들면서 자아실현이라는 말은 유체이탈식 허탈한 말일 뿐입니다.

"저희도 이런 휴식은 처음입니다. 바다는 수영하고 떠들고 즐거워야 하는 곳이었는데 이렇게 차분하게 나를 돌아보며 자아실현의 문제를 고민해 보다니… 고맙습니다."

"……그래. 잘 살자."

그렇게 그들이 떠나고 나 홀로 지는 해를 마주합니다.

내일은 또 자아실현이라는 허망함을 알면서도 바쁘고 스트레스 많은 월요일을 살아갈 겁니다.

식물 일상

말로 대화하기가 두려운 세상입니다.

'입틀막' '귀틀막'

마스크로 입을 틀어막고, 이어폰으로는 귀를 틀어막은 채 산책을 하고 지하철을 탑니다.

내게 말 걸지 말라는 심리적 방어막으로 대변되는 코로나 시대의 현상입니다.

말실수에 대한 두려움이 커지고 홀로 서 있는 식물들처럼 되어버린 일상입니다. 불행한 건 인간이기에 관계를 맺고 살아야 하는데 미세한 감정이 실린 말하기에 대한 두려움이 마스크로 틀어막은 입틀막으로 심해졌습니다. 세상에 소리가, 말이 없어진 듯합니다.

도처에 퍼진 '입틀막' '귀틀막' 은 또 다른 고립의 섬을 강요하고 식물 일상을 강제합니다.

지금 이 시각의 내 집 창밖 풍경은 자동차의 움직임만 없으면 세상이 멈춘 듯 고요의 세상입니다. 창 안에서 멍하니 바라보는 난 움직일 수 없어 평생 똑같은 풍경을 보는 식물들의 운명 같습니다.

밤낮으로 똑같은 파도 소리만 듣고 있는 해변의 조약돌 운명도 다르지 않을 겁니다.

우선멈춤을 강요받는 코로나 시대가 되자 비로소 그들의 운명이 눈에 들어옵니다. 식물인간, 식물일상…… 모든 것이 끝을 알 수 없는 깊은 절망감으로, 외로움 속으로 우릴 몰아갑니다.

띠릭… 띠릭… 스마트폰의 알림문자가 요란합니다.

'○월 ○일 ○○ 커피숍 2층 창가 쪽에 앉았던 분은 즉시 코로나 선별검사소로 나와 검사받으십시오.'

'델타변이 확산 중. 집 안에 머물고 6시 이후 통행을 자제하십시오. 2명 이상 사적 모임 금지입니다.'

세상이 이상하게 돌아가고 있습니다. 일거수일투족을 감시당하는 공산주의 세상 같습니다.

삐삐− …… 미국에서의 영상통화입니다.

"안녕하신가요? 전 베버리 힐스의 집에 칩거 중입니다. 좀 아팠어요. 시더사이나이 병원에 한 달 입원 후 집에 왔어요. 뇌경색이 왔답니다. 케어기버 세 명이 교대로 지키고 물리치료사가 집으로 와요. 꼼짝없이 집에 매인 식물인간이에요."

"세상에, 그런 일이 있으셨군요. 다행히 얼굴은 나쁘지 않으세요."

"닥터 김 뵈려고 화장했어요. 예쁜 꽃으로 봐주세요."

그녀가 내게 안부를 묻습니다. 몸이 아프고, LA의 회사가 바빠서 코로나 시국의 안부가 늦어 미안하다고 합니다. 이런 분들의 마음으로 살아가면서 먼저 묻는 안부에 인색한 나를 반성합니다.

늘 거기에 있는 일상적인 것들을 주목하며, 내게 곁을 내주는 사람들의 따뜻함에 마음과 시선을 주었어야 하는데 그러지 못했습니다.

조용히 그 자리를 지키고 있는 자연들을 평온한 일상으로 들여올 줄 알았어야 하는데, 바쁜 것에 중독된 삶을 살았습니다. 잠시 멈추고 바라보면 많은 것을 생각하게 했을 이웃들과 자연 속 식물들입니다.

언제나 바쁘다는 말을 입에 달고 살면서 그들에게 관심을 주지 않았습니다. 항상 그곳에 있는 소중한 사람들을, 식물을, 일상을, 지나쳐 버렸습니다. 식물인간, 식물 일상은 내 것이 아니고 죽은 자의 것이라며 속도의 시대에 올라타고 쫓아가기에 가랑이가 찢어졌습니다. 오만함 속에 있었습니다.

내 일상이 방역이라는 이름으로 강제로 멈추고 문안에 가두어지자, 똑같은 자세로 언제나 그 자리에 있었을 나무가, 식물이, 눈에 들어옵니다. 섬이 섬에게 편지를 쓰듯 외로운 육지의 섬이 되어버린 내가 외롭다며 그들에게 말을 걸고 있습니다.

공허함과 우울함이 마음을 잡아먹는 현실입니다.

내면의 허탈감, 정신적 허무함은 지금을 사는 이 시대의 흑사병인지 모르겠습니다.

이런 시대의 강을 어떻게 건널 건가 하는 화두를 끌어안고 있지만 답이 없습니다.

플렉스로 하는 작은 사치든, 소확행이라는 소소한 행복이든, 일과 삶의 균형이라는 워라밸이든, 헛된 몸부림이며 말장난일 뿐입니다.

안 그런 척 위선의 말과 태도로 가리고 꿈이라는 것으로 위장을 하며 일했습니다. 바쁘다는 핑계로 그저 욕망할 뿐 내면의 생각을 들여다보지 못했습니다.

움직일 수 없어 평생 똑같은 풍경을 보는 식물들에게 난 위선자일 겁니다.

"마음의 문을 여는 손잡이는 마음 안쪽에 있다. 사람의 마음은 외부에서 이식된 답으로는 정돈되지 않는다.
스스로 찾아낸 답만이 마음에 스민다."

− 헤겔

마음의 문을 여는 마음 안쪽의 손잡이를 나는 항상 문밖에서 찾아 헤매고 있습니다. 지금은 멈춰 서서 식물들의 운명에 공감을 하며 내 마음속 어딘가를 헤매고 있지만 문밖으로 나가는 순간 식물 인생을, 식물 일상을 폄하하며 잊을 겁니다.

삶의 문을 여는 손잡이가 없는 문밖에서, 그것을 찾으며 지치고 번아웃될 겁니다.

그러다 마르고 건조해진 삶이 비에 젖은 낙엽처럼 축축하게 늘어질 때 강제 멈춤된 식물 일상을 맞게 되고, 문안에서 똑같은 풍경을 보는 이때를 기억할 겁니다.

나이가 들고, 병이 찾아오고, 세상으로부터 격리되어 집안에 갇혀야 되는 시간 또한 올 것입니다. 그때는 일상이 식물처럼 똑같은 풍경만을 보게 되는 시간이 될 것이고 나는 어떤 가치로 존재해야 할지를 고민하게 될 겁니다.

모든 것이 가치로 평가되는 투자의 시대에 나이 든 대로의 삶의 가치를 만드는 일에 골몰해야 사회로부터 버림받지 않습니다.

인간으로서의 효용가치가 떨어지고 사회의 짐이 되는 순간이 누구에게나 닥칠 텐데, 그땐 강제로 집이든 요양병원이든 어딘가에 갇힌 식물인간이 될 겁니다. 그래서 지금은 더욱 편안함과 익숙함에 안주하지 말아야 합니다.

오래오래 매일 고민한다고 답이 얻어지는 건 아닙니다.

많은 순간 중요한 프로젝트나 계획을 망치는 것은 넉넉한 시간입니다. 창의적 생각으로 산만함을 최소화해야 답을 찾습니다. 삶의 여정도 마찬가지입니다.

시대의 주도권을 쥔 젊은이들에게의 충고, 조언, 판단, 평가를 해선 안 됩니다. 멘토링이라는 허울을 쓰고 있는, 그들이 듣기 원하지 않는 말엔 입을 닫아야 합니다.

'인간적으로 교감한다'란 얼마나 그들의 말을 잘 알아듣는가입니다. 경청과 공감이 중요하지 충고나 판단이 필요한 게 아닙니다.

식물인간이 되는 걸 피하기 위해 연륜에 가치를 더해 세련되게 늙어가며 젊은이들로부터 격리되지 않기 위해 마음의 키를 안쪽에서 찾으려 합니다. 쓸데없는 훈수의 노추를 경계할 일입니다. 그리고 마음과 곁을 내주는 소중한 사람들을 기억할 일입니다.

식물 일상에서 내면을 마주하면서 문밖의 세상을 바라보는 새로운 경험을 하고 있습니다.

'입틀막' '귀틀막'이 내게 식물의 삶을 경험하게 합니다.

4.

기다림마저 잃었을 때

희망이 보인다

〜

다른 사람들과 무리 지어 있을 땐 홀로 생각해야 함을 명심하고
홀로 생각에 잠겼을 땐 다른 이들과 의견을 나누어야 함을 알 것.
— 톨스토이

〜

눈의 눈이 떠지는 순간

'나는 지금 혼자, 진정으로 혼자다. 어떤 생명으로부터도 완전히 고립됐다.'

눈의 눈, 마음의 눈으로 바라본 풍경입니다. 절대적인 존재감입니다.

50여 년 전 인류 최초의 달착륙 위업을 이룬 미국 아폴로 11호 조종사 마이클 콜린스의 말입니다. 그런 그가 암 투병 끝에 90세의 일기로 세상을 떠났다고 발표한 유족의 글이 눈에 들어왔습니다.

"그는 항상 도전에 품위와 겸손으로 임했고, 암이라는 도전에도 똑같이 맞섰습니다. 날카로운 위트와 조용한 목적의식, 현명한 시각을 기억해 주십시오."

그 많은 기사 중 이 글 하나가 눈에 들어온 것은 오늘의 행운입니다.

요즘의 내 관심은 어찌하면 품위 있게 나이 들어갈 수 있을지에 온통 꽂혀있습니다. 생각은 많고 답은 쉽지 않습니다.

청계산을 등산했습니다. 늘 그러하듯 이 땅에 봄이 왔고, 그 봄이 이제 갑니다.

봄비 내리는 진달래 능선은 떨어진 분홍빛으로 물들어 사람들을 반깁니다. 이것은 봄을 떠나보내는 꽃비입니다. 오래전 최인호 작가가 폐암과 투병하며 매일 올랐다는 능선엔 그의 글이 향기가 되어 떠도는 듯합니다.

가을 열매를 위해 피어난 봄꽃들이 대지로 돌아가는 풍경 속에서 참으로 덧없는 삶을 느낍니다. 눈의 눈이 떠지면 익숙한 풍경도 새롭게 다가와 마음을 움직입니다.

헉헉대는 심장을 안정시키려 오직 발걸음에만 집중했습니다. 그물형 마포로 덮인 등산길은 비에 젖어 미끄럽고 조곤조곤한 사람들의 말소리조차 봄기운에 따뜻합니다.

한 발 한 발 호흡을 실어 내딛는 그곳에 발바닥의 뻐근함과 가쁜 숨이 있고, 번잡했던 많은 생각들이 날숨과 함께 밖으로 뱉어집니다. 그렇게 머릿속은 비어지고 오직 걷고 있는 발자국에만 집중하게 합니다.

'꾸역 꾸역, 털레 털레, 흐느적 흐느적, 그리고 헉헉……'

이렇게 걸었습니다. 눈의 눈이 떠지는 날엔 의성어나 의태어조차 새로운 의미로 다가옵니다.

한 걸음을 뗄 때마다 신 속의 신을 만나는 흔치 않은 경험을 합니다. 운동화 속 발바닥에서 느껴지는 아픔과 돌들의 감각에서 신의 이야기를 듣습니다. 삶에 대하여, 앞으로 살아갈 날에 대하여, 오히려 많은 생각이 독이 된다고 가르칩니다.

수많은 사람들이 각자의 다른 생각과 눈으로 세상을 봅니다. 죽음을, 질병을, 아픔을, 사랑을, 인생을 생각하겠지요. 보는 관점을 바꾸면 삶이 달라지듯 눈의 눈이 떠지면서 세상을 바라보는 시각이 바뀌는 순간이 있습니다.

코로나로 우울한 시대에 온갖 세금, 직원들 문제, 개인사 등, 힘이 빠지고 우울한 번아웃 증후군을 경험합니다.

정서적 무기력감에 자기 효능감의 상실까지 오는 현실에서 삶의 위기를 느끼고 있습니다.

힘들게 올라가는 산에서 만나는 신은 '살면서 한 번도 번아웃이 없었다면 인생을 열심히 산 게 아니다'라고 위로를 건넵니다.

그렇습니다. 스마트폰이 방전됐다고 고장난 게 아니듯 재충전을 통해 다시 일어나면 되는 겁니다. 등산을 하는 것, 산책과 명상, 글쓰기, 음악 듣기 등을 통해 내면의 나를 들여다보며 신을 만나는 것도 재충전의 한 방법입니다. 다시 몰입할 수 있는 힘을 얻는 행위입니다.

어제처럼 강남역의 알라딘 헌책방 귀퉁이에서 발견한 글 한 줄에서, 때때로 눈이 떠지고 벼락을 맞은 듯 서 있게 될 때가 있습니다.

우연히 발견한 한 문장에 마음을 빼앗기고 문안에 갇혀 답답한 매일의 일상을 내가 아닌 다른 입장에서 세상을 보게 될 때, 비로소 눈의 눈이 떠지고, 마음의 문고리가 안에서 열림을 경험합니다.

그토록 추구했던 삶의 안정은 경제적 안정만을 의미하진 않았습니다.

'어떻게 하면 삶의 평온함을 유지할 수 있는가'였습니다.

결핍과 가난이 침범할 수 없는 평화는 돈이 주는 경제적 자유와 함께 필연적으로 함께 와야 하는 내적 평화였습니다. 돈으로 성공하고픈 욕구를 버리고, 방향을 틀어 삶의 평온함을 추구하는 쪽으로 가야 한다고 눈의 눈으로 본 한 줄의 글이 말합니다.

매번 읽는 똑같은 글이 지금은 다르게 읽힙니다.

수많은 음표와 음표 사이의 쉼표 속에 음악의 감동이 존재하듯, 쳇바퀴 돌듯 지속되는 일상과 일상 사이에서의 잠시 멈춤 속에 삶의 속살이 숨어있습니다. 그저 속도를 늦추어선 안 되고 잠시 멈춰야 한다고 말합니다.

'멈추기 위해 달려라'라는 말이 이해되는 순간입니다.

이렇듯 누군가의 말 한마디, 청계산과 헌책방들은 내게 눈의 눈을 뜨게 하는 순간을 선사하는 곳입니다.

'품위와 겸손을 갖춘 도전, 날카로운 위트와 목적의식'을 갖추기 위해 고민합니다.

노화나 건강이 나빠지면서 강제 멈춤을 당하는 비극이 닥칠 텐데, 그전에 잠시 멈춤을 통해 눈의 눈을 뜨고 새롭게 나아갈 길을 찾고자 합니다.

신체적 질병이나 노화를 피한다고 다 행복한 노년이 되지는 않습니다. 그것은 마음의 눈을 뜨고 자기의 삶에 가치를 더하는 일을 찾아야 가능한 일입니다.

앞으로의 삶은 다른 이의 성공을 돕는 동시에 나의 욕구까지 창의적으로 펼칠 수 있을 때 비로소 잘 익어갈 수 있습니다.

사회의 중추 자리는 젊은 세대에게 내어주고 뒷방 늙은이로 물러서야 할 때의 불안과 공포를 모르지 않습니다. 그러나 모든 불안정한 환경에 능동적으로 대처하려면 눈의 눈을 뜨고 모든 것을 바라볼 때 가능합니다.

성공한 것처럼 보이는 삶은 간혹 그 성공 때문에 무너지기도 합니다.

그래서 적절한 결핍감을 유지하려 애쓰지만 쉬운 일은 아닙니다.

'나는 어떤 사람이 되었는가? 지금 이 순간에⋯⋯'
책방 모퉁이에서 발견한 책의 끝 구절입니다.

무엇을 할 수 있는가를 끊임없이 물으며 날 여기까지 몰아왔는데 이젠 무엇을 해야 하는가의 물음에 답할 때가 왔습니다. 그저 흘려보낼 시간이 많지 않습니다. 진심으로 살아야 할 시간 위에 서 있습니다.

내가 원하는 것이 있는 미래가 바로 오늘인 것을 잊지 않는다면 오늘 떠진 마음의 눈, 눈의 눈이 떠진 오늘이 내 인생을 바꿀 것이라 생각합니다.

열정이 잦아들고 고요함과 자유를 찾아야 하는 시간 위에 서 있습니다.

잃어버린 시간을 찾는 여행

P는 이혼을 했습니다.

열심히 일해서 부인 통장으로 따박따박 들어가던 수년간의 돈은 텅 빈 잔고로 남아있고, 부인이 데려간 아들을 2주에 한 번이라도 보는 조건으로 위자료를 매달 보내야 한다고 합니다.

억장이 무너지는 일을 겪으며 당혹스러운 삶의 전환기를 맞고, 무력감에 빠진 그는 누군가가 자기 운명을 결정해 주지 않으면 삶을 끝낼 것 같은 위태로운 절벽 위에 서 있다고 합니다.

와이프가 원하는 것을 해주기 위해 쏟아부은 자신의 시간과 돈과 노력을 어디서 보상받을지 몰라 괴로워하고 있습니다.

그에게 잃어버린 시간을 찾는 길은 막연하기만 합니다.

여행도 싫고, 타인과의 만남도 싫고, 눈물만 나오는 고통의 시간을 술로 보냈습니다.

"삶의 적대적 전환점에 섰군요.

느닷없이 닥친 불행으로 인한 불안감을 어찌 처리하는가에 따라 우호적 전환점으로 바꿀 수 있음을 잊지 말아요.

우리 모두는 살면서 인생의 강요된 전환점에 서기 마련이에요. 아무 문제 없을 듯 보이는 나도 내면의 불만족이나 불안으로 빚어지는 중립적 전환점에 서 있고 지금 바뀌지 않으면 안 된다는 강박 속에 있어요.

많은 사람들이 이혼을 해요. 이혼이란 단지 한 사람과 헤어지는 게 아니라 삶의 한 시기와 작별하는 거예요. 그러니 지나간 모든 걸 잊으세요. 쉽지 않겠지만 변해야 함을 인정하세요.

전환점이란 멈춰 서서 자신을 돌아보며 스스로에게 이 길을 계속 가고 싶은가, 아니면 방향을 바꿔 새로이 나아갈 것인가를 묻는 절호의 시점이에요.

벌써 일 년을 방황하고 있어요. 잃어버린 시간의 보복을 받기 전에 변해야 해요."

내 말에 고개를 떨구고 있던 그가 답합니다.

"주변의 감사한 분이 호텔경영을 해보라 했어요. 괴로움만 있는 서울을 벗어나고 싶어요."

"그것은 그대의 복입니다. 누군가 옆에서 살길을 보여주다니… 열심히 하길 바라요. 더 이상 시간을 버릴 순 없어요."

P를 통해 나를 돌아봅니다. 난 또 얼마나 많은 시간을 버리고 있는지⋯⋯.

내일의 준비와 어제의 기억 속에 갇혀 정작 오늘 시간을 잃고 있습니다.

타임아웃을 하고, 흘러가 버린 시간을 찾아 삶의 배낭을 다시 꾸릴 시간입니다.

나 같은 사람이 제일 못하는 게 있다면 그것은 '잠시 멈추는 것'입니다.

현재의 잃어버리는 시간을 찾아 활용하지 못하고, 내가 삶의 어디에 있는지를 발견하는 기회를 놓치는 최악의 사태가 없길 바라고 있습니다.

일상에서 받는 스트레스를 속으로 주워 삼킨 후 뱉어내지 못한 답답함으로 시간을 흘려보내는 요즘입니다.

넘침도 부족함도 없는 딱 그 정도의 행복을 추구하고 싶은 게 요즘입니다.

최고가 아닌 최적의 만족을 주는 라이프스타일을 찾으며, 삶의 만족을 얻는 시간 속으로 들어가겠다고 다짐을 합니다. 하지만 그 모든 시간 속에 있는 관계라는 키워드가 나를 잡아 앉힙니다.

관계란 만드는 게 아니고 하나씩 하나씩 쌓는 것입니다.

우리의 인생도 관계의 끈으로 이어진 하루하루의 시간이 켜켜이 쌓인 것입니다. 그중 어느 시간을 잃어버리면 관계가 깨지고 전체 인생이 흔들리게 됩니다. 그러니 내 자신의 잃어버린 시간을 찾고 싶은 욕망으로 홀로 떠나는 여행을 그려보지만 관계에 매인 일상은 녹록하지 않습니다.

우리들 삶은 일, 가족, 건강, 친구, 영혼이라는 5개의 공을 저글링하면서 만들어지는 관계라고 합니다. 젊은 시절엔 성공을 위한 일에 매달리면서 앞으로 달리는 것에만 몰두하느라 가족, 건강, 친구, 영혼을 돌보는 일엔 소홀하기 쉽습니다. 그들을 위한 것에 시간을 쓰기엔 바쁘다는 핑계로 건강에 무심하고, 사랑은 한때 뜨거운 지나가는 바람으로 여깁니다.

성공만이, 경제적 안정만이, 행복을 보장한다고 믿습니다. 나도 예외는 아니었습니다.

그러다 성공이라는 자만에 빠지고, 금융위기라는 커다란 돌부리에 걸려 넘어지기도 했습니다. 이때 나는 이 5개의 공들이 우르르 한꺼번에 바닥에 떨어지는 것을 경험했습니다. 실패 앞에서 친구라 불렀던 사람들이 등을 돌리고, 관계는 깨지고, 죽음을 생각하고…….

지금 P가 경험하는 위기를 맞았습니다.

저글링을 하다 놓쳐버린 공들은 바닥에 떨어져 산산조각이 나고 다시 회복하기 어려워집니다. 한번 깨진 건강, 사랑 등은 회복이 어렵습니다.

그에 비하면 일이라는 것은 고무공이었습니다. 떨어져도 언제든 다시 튀어 오를 수 있는 고무공. 포기라는 구멍만 없다면 말입니다.

성공이나 경제적 풍요를 보장하지 않는다는 이유로 무심했던 건강, 친구, 가족, 영혼. 그들은 한번 놓치면 영원히 회복이 불가능한 관계의 중요성을 가지고 있었는데 그것을 무시했습니다.

헛되이, 소홀히, 보낸 이들에 대한 시간의 반격이 뼈아프게 다가옵니다.

잃어버린 관계의 시간을 찾아서 떠날 때입니다.

P와 나에게 삶의 전환점이 주는 단 하나의 메시지는 "바꿔라!"입니다.

아무것도 아닌 듯, 당연한 듯, 관심을 주지 않고 흘려보낸 후 망가진 건강, 뒤틀려버린 가족관계, 피폐해진 영혼…… 그들과의 잃어버린 관계의 시간 앞에 서 있습니다.

과거의 나는 열정을 담아 일을 하면서 웬만큼의 성공에도 여전히 만족을 모르고 온 시간을 일에 쏟아붓고 올인했습니다.

브레이크 없는 질주 속에 온 시간을 보낸 후 저글링하던 공이 떨어져 모든 것을 잃어보기도 했습니다. 죽을 것 같은 시간도 보냈습니다. 하지만 포기하지 않는 한 일이라는 고무공은 다시 튀어 올랐습니다.

누군가는 암을 진단받고, 누군가는 이혼을 하고, 누군가는 주식과 가상화폐에 올인하고, 깨진 후에는 피폐한 영혼으로 살고 있습니다. 이렇게 깨진 건강과 가족관계, 영혼의 메마름이나 허기짐은 바뀌지 않으면 채울 수 없는 것들입니다.

일을 통해 얻고자 하던 성취와 온갖 야망 때문에 소중한 사람들과 보낼 시간을 잃고, 삶의 배낭 속 짐이 너무 많아졌습니다. 인생 배낭을 다시 꾸려 가볍게 해야 가족과 내 영혼을 위한 잃어버린 시간을 찾을 듯합니다.

지금은 무엇을 기준으로 겹겹이 쌓인 인생 짐들을 털어낼지 모르겠습니다.

한마디의 물음만이 해법일 듯합니다.

"이것이 날 행복하게 하는가?"

이 물음에 맞지 않는 짐을 과감히 버리고, 단순화해서 삶의 여행을 다시 떠나는 겁니다.

얼마나 많은 순간이 덫에 갇힌 느낌이었는지 모릅니다.

성공이라는 이름으로 앞에 있는 일에 온 시간을 쏟는 것을 포기할 수 없었습니다. 그사이 유리공인 건강, 가족, 영혼은 깨져버립니다.

그동안 꽉 쥐고 놓지 않으려 한 것이, 받으려고만 한 것이, 사랑을 잃게 한 원인이었음을 깨닫는 요즘입니다. 깨진 유리공이 된 사랑이, 잃어버린 시간 속 저 어디쯤엔가 서 있습니다.

아프리카의 가드자 족은 숲에서 길을 잃으면 어디로 갈지 헤매지 말고 가만히 서서 귀를 기울이라고 합니다.

"가만히 있으라. 자신이 아무것도 모른다는 것을 인정하라.
그대 앞의 나무와 그대 뒤의 관목들은 길을 잃지 않는다.
그대가 어디에 있든 그곳의 이름은 '여기'다.
나무나 관목들이 그대를 잃어버리면 그땐 정말 길을 잃는다."

타임아웃을 갖고 내가 서 있는 '여기'에서 잃어버린 시간을 찾는 여행을 해야 함을 깨우쳐 줍니다. P와 나에게 주는 말입니다.

이곳에서 바라보는 저곳

토요일 오전엔 강남역의 미용실이 나의 유일한 휴식 공간입니다. 내 오래된 헤어디자이너의 착하고 반가운 미소가 반겨주고, 그녀의 야무진 손가락이 해주는 두피 마사지는 가끔 천국을 경험케 합니다. 그곳으로 가는 도심 속을 걸으며 가끔은 이방인처럼 낯설게 그곳을 바라봅니다.

"오늘은 C-컬로 해드릴게요. 다음 주엔 염색하셔야겠어요. 어젠 친구들과 클럽에 갔는데 다들 부킹하고 미친 듯 춤추다 왔어요. 그런데 고민은 없어지지 않고 머리만 아파요."

"젊은 친구들의 고민이 뭘까? 결혼? 아파트 사는 것?"

"일만 하는 제가 요즘은 바보 같아요. 가상화폐로 돈을 벌어서 한 턱 쏘겠다는 친구 따라갔는데 전 뭔지 모르겠어요. 일터에만 있으니 사람을 만나 연애하기도 어렵고, 아파트는 언감생심이에요. 모두 지극히 이기적이라 어떤 사람을 만나야 하는지도 모르겠어요."

"젊은이들의 고민이 크네요. 우리 나이엔 꿈이 무너지는 것, 나이가 드는 것, 질병과 죽음 앞에서 두려움을 느끼고 있는데…… 그리고 내가 얼마나 사회에 쓸모 있는 존재인가라는 물음 앞에서 고민하게 돼요. 결혼에 대한 상대를 만나는 게 쉬운 일은 아니죠. 딴 것 보지 말고 믿고, 사랑하고, 존경하고, 갈망하고, 대화할 수 있는지만 봐요."

"남들은 다 괜찮은 것 같은데 나만 뒤떨어진 건 아닌지……."

"여기서 보는 저기가 엄청 매력적이지요? 하지만 그곳도 그리 행복한 곳은 아니에요. 클럽에서 술 마시고 춤추는 친구들이 다 멋지고 넉넉한 게 아닌 걸 알지 않나요? 미용실 들어오다 보니 술 마시고 길 위에 주저앉아 토하고 있는 청년들이 있던데 무슨 생각이 들어요?"

빼곡히 들어선 술집과 광란의 밤을 보냈을 바들이 술 냄새를 풍기며 있고, 클럽 앞에 너부러져 있는 젊은이는 술로 찌든 위장 속 음식들을 토해내고 있었습니다. 그 옆을 차들이 지나가며 조심하라는 경적을 울리고 있습니다.

벌거벗은 도시의 수많은 이야기가 소용돌이치는 이른 아침에, 귀담아 듣지 않고 버려진 언어들이 공기 속으로 흩어집니다. 그 모든 잡다하고 어지러운 것들이 미세먼지의 뿌연 황사와 섞여 질식사를 유발할 듯한 곳이 지금 여기, 내가 서 있는 이곳입니다.

여기서 바라보며, 내가 가고자 염원했던 저곳은 과연 어디일까를 생각합니다. 젊은 저들의 그곳은 어디일까…… 우리 모두는 어딘가 있을 SOMEWHERE를 향해 인생의 노를 저어갑니다. 내 머리를 만지며 긴 숨을 뱉어내는 젊은 헤어디자이너는 이곳에서 저곳을 바라보며 우울해합니다.

지금의 기성세대처럼 돈을 벌 수도, 집을 살 수도 없이 계층 사다리를 걷어찼다며 세대 갈등을 유발하는 신조어들이 쏟아지는 요즘입니다. 남녀 모두 군대를 가고 군가산점을 주자며 싸움을 부추기는 듯한 젠더 갈등은 또 어떤지…….

그들에게 난 탐욕과 고집으로 채워진 기성세대일지 모릅니다.

하지만 이 나이에도 여전히 흔들리고 방황하고 있고, 무언가 있을 저곳을 향한 기대와 절망에 나도 술에 취하고 싶어 함을 그들은 모를 겁니다. 내 자식이 저 모양이라면 혀를 차며 꾸중했을 상황이 고민 많은 젊음이라 다시 보고 나면 안쓰럽고 이해가 됩니다.

그러나 지금 이 시간이 전혀 새로운 삶의 모습으로 우리게 다가와 있음은 분명합니다.

길바닥에 너부러진 저 친구처럼 젊은 시절 한때 나도 그랬습니다. 내가 도달하고 싶은 그곳을 향한 열망이 너무 커서 항상 어딘가로 떠나고 싶었습니다. 우리 시대의 미국 유학은 성공을 위한 저곳이었습니다.

유학을 갔다 오면 요즘 말하는 스펙의 윗자리 어딘가가 메꿔졌습니다. 어디든 떠날 수 있어 너무 흔해진 지금의 젊은 세대는 이해하지 못하겠지만…… 그래서 오늘의 젊음들이 안쓰럽습니다.

하지만 삶의 매 시기마다 발달단계가 있고 그것이 주는 불안감은 젊은 그들과 다르지 않습니다.

이곳에서 바라보던 저곳이 아닐지라도 매 시기마다 매번 지겹게 방황했고, 내 삶의 나침반은 수없이 흔들리다 지금 고장난 듯 멈췄습니다. 딱 북쪽을 가리키고 있습니다. 내가 그리던 이상향의 북극성이 있는 곳에 내 삶의 흔들리는 나침반이 멈추고 무엇을 할지를 묻고 있습니다.

주말 아침에 헤어디자이너인 젊은이를 통해 내 지나온 시절과 지금을 생각합니다.

살아가야 할 삶보다는 살고 싶은 삶을 선택할 수 있는 나이입니다.

젊음이 떠나고 일터에서도 회전문을 돌리듯 걸러진 채 자리를 잃고 홀로 선 지금입니다. 혼자 있는 시간을 통해 남아있는 인생을 다시 길어 올릴 마중물이 무엇인지를 생각합니다. 그래야 펌프로 물을 끌어올리고 저곳으로 갈 수 있지 않을까요?

얼굴에 미소를 만들고 품위 있게 행동하며, 존귀함을 몸에 익히고, 새로운 곳, 과거가 날 붙잡지 않는 곳으로 사는 곳을 옮기고, 멋진 사람이 되고, 멋진 일을 하는, 꿈 같은 곳이 이곳에서 바라보는 저곳의 내 모습입니다.

삶을 성공적으로 드러내고, 남보다 앞서기 위해 무던히도 애쓰던 이곳입니다. 그저 삶을 살았어야 할 뿐일지 모르는데, 보이지 않고 만져지지 않는 성공을 위해 매달렸습니다. 삶은 과정이 전부인데 목적지만을 바라보며 달렸기에 무던히도 흔들렸을 겁니다. 삶은 목적지 저곳이 아니라 그곳까지의 과정일 뿐이라는 걸 지금 깨닫습니다.

지나간 시간은 지금의 젊은이들처럼 매 순간이 두려웠고 실패의 공포에 시달렸습니다. 하지만 모르는 곳으로의 여행에서 갖는 두려움이 현지에 도착해서 부딪치는 순간 설렘으로 바뀌는 지점도 있다는 걸 지금은 알겠습니다.

내 나이에는 나이 드는 것 자체에 대한 두려움에 떱니다.

이 두려움을 극복하는 것이, 이곳에서 저곳으로 가는 첫 발자욱입니다.

우리는 나이와 함께 섬뜩하고 무시무시한 신체적 무능상태에 빠질까 봐 겁에 질려 있습니다. 부디 이런 신체적 무능상태는 죽음 전 최대 3달 정도 앓는 것으로만 끝내길 기도합니다. 인간의 신체적 쇠퇴는 피할 수 없습니다.

육체로부터 자유로운 영역에 관심을 갖고, 명상이나 영혼의 능력을 배양한다면 이곳에서 두려움으로 바라보는 저곳의 어둠 속 공포도 조금은 잦아들 것임을 깨닫습니다.

젊은 세대는 독립된 삶과 성공해야 한다는 강박증에 시달리고, 중년은 실패해서 있는 것을 다 잃지 않을까의 두려움에 떨고 있습니다. 노인은 의도하지 않은 채 맞게 된 신체적 무능 때문에 살아도 죽은 것보다 못할 거라는 두려움과 싸웁니다.

이 모든 두려움이 이곳에서 저곳으로 가는 길목을 막고 있습니다.

한 번만 살 수 있는 게 인생입니다.

인간관계의 배낭을 다시 꾸리고, 내재된 재능과 경험을 끌어내서 목표를 세우고, 성장의 칼날 위에 나를 다시 세우는 것이 맞습니다.

소유를 기준으로 하는 삶에서, 존재를 기준으로 하는 삶으로 가는 겁니다.

홀로 있을 때, 내 자신의 생각과 일대일로 마주섰을 때, 비로소 내가 서 있는 삶의 위치가 눈에 들어옵니다.

세상은 늘 그렇듯 저지르는 자의 것입니다.

'나는 무엇으로 기억될 것인가?'라는 필연적 물음을,

예기치 않게 마주친 길바닥 위의 젊은이를 통해, 내 헤어디자이너의 넋두리를 통해, 만나고 고민하는 하루입니다.

이곳에서 바라보는 저곳은 여전히 미세먼지에 가려있습니다.

한 번은 살아야 하는 삶

주말 아침의 산책길이 청계산 숲길로 이어졌습니다.

정처 없이 마음이 떠도는 이들에게 예정에 없이, 정해진 계획도 없이 풍덩 뛰어들어 몇 시간을 다니다 되돌아 나올 수 있는 숲이 옆에 있다는 것은 이곳의 선물입니다.

오늘 들어간 숲에선 여름이 한창 익어가고 있었습니다. 가을이 오면 숲은 많은 감성과 추억을 품을 겁니다. 겨울 숲은 세상의 모든 생명을 땅속에 잉태하겠지요. 그리고 봄이 오면 숲은 모든 것을 받아들이며 사랑을 시작할 겁니다.

숲이 삶을 생각하게 하는 날입니다.

틱톡…

'얼굴 볼 수 있니?'

명성과 돈에 포위된 삶을 사는 내 친구.

그 무게에 짓눌려 힘들어하는 친구의 톡을 숲에서 받았습니다.

그의 단답형 문자에 마음이 철렁했습니다.

항상 밝은 톤으로 골프장이든, 해외 여행지에서 문자를 하던 친구의 낯선 톡에 등골이 서늘했습니다. 목소리라도 듣고 심리 상태를 파악해야 할 것 같았습니다.

우울증과 불안증을 호소하며 자살을 생각하는 사람들을 치료하며 살아온 내 직업병이었을 겁니다.

가족의 갑작스런 질병으로 한순간에 모든 일상이 바뀌어 극심한 고통을 겪고 있음을 알기에 도저히 그냥 지나칠 수 없었습니다. 인생을 살면서 전혀 예기치 못한 벽과 마주한 친구입니다.

"잠 못 이루는 밤을 뒤척이다 한밤중에 일어나 20여 층 아래의 놀이터를 보고 있으면, 낮에 아이들이 남기고 간 놀이터의 소리가 들리는 듯해서 우울해. 그 텅 빈 놀이터를 깨우는 새벽 바람 소리에 가까스로 잠들었다 또 깨면 모든 게 허망하고, 그 위에 후두둑 후두둑 떨어지는 굵은 빗방울 소리에는 울고 싶어져. 나, 어쩌면 좋니?"

"힘들어서 어쩌니… 밥 먹으며 얼굴이나 보자꾸나. 내가 도곡동으로 갈까? 아님 우리 동네로 바람도 쏘일 겸 와. 힘내고…."

'밥 한번 먹자'는 식사의 끼니를 의미하는 게 아닙니다.

얼굴을 보며 가까운 이의 관심과 우정으로 마음을 채우는 일입니다. 식사도 못 할 그를 불러 밥을 먹이고 그냥 옆에 있어 주고 싶었습니다.

친구의 '얼굴 볼 수 있니?'라는 톡은 내게 높은 언덕에서 굴러 떨어진 바위 덩어리와 같은, 너무 무거워서 도저히 그냥 지나칠 수 없고 정서적으로 받아낼 수도 없는 무게로 다가왔습니다.

최근 상상할 수 없는 일로 인해 고통을 받고 있는 그는 단답형 말에 배인 지독한 우울감의 무게감 속에서 왜 살아야 하는지를 묻습니다.

"한 번만 살 수 있고, 한 번은 살아야 하는 삶이라는 걸 알지만 이런 일이 나에게 닥칠 거라고는 감히 생각하지 못했어."

"……."

살다 보면 인생은 필연보다 우연에 의해 좌우됩니다.

땅속을 기어들어 가고 싶을 정도의 수치심도, 죽을 만큼의 아픈 슬픔도, 지극히 사소한 일상의 소소한 기쁨이나 위로로 치유됩니다. 그래서 우리의 삶은 지속될 수 있습니다.

한 번만 살 수 있는 인생에서 사소한 기쁨과 미소를 잃지 않는 한 우리의 삶은 무너지지 않습니다. 친구에게 수다라도 떨 수 있는 시간을 주는 게 내가 할 수 있는 최선의 선물입니다. 우리의 수다는 죽음과 삶에 대한 이야기가 될 것입니다. 지독한 존재의 가벼움에 대하여 몸을 떨며 이야기하겠지요.

우리는 영원히 끝나지 않을 듯 삶을 살다가도 머지않아 삶이 끝날 것임을 또한 인지하며 하루하루를 삽니다.

죽음과 나이 듦은 동의어가 아닙니다. 죽음은 아무 때나 찾아올 수 있지만 의미 있는 나이 듦은 축복받은 자에게만 가능합니다. 한 번만 살고 한 번은 반드시 죽어야 하는 삶. 그 사이에 우리가 계획했던 수많은 길이 있습니다.

    어떤 성공적인 삶도 만들 수 있다는 젊음에 대한 환상과 부러움을 버리고, 나이 들어가는 것에 대한 두려움을 떨쳐버려야, 우리를 기다리는 삶 속으로 온전히 들어갈 수 있습니다.
    의미 있는 삶의 성취는 힘과 젊음으로 하는 게 아니라 깊은 사고와 인격, 그리고 판단력으로 이루어집니다.
    젊음의 칵테일파티가 끝나고, 멋진 인생의 소풍도 없어지는 나이가 될 때가 본래의 자신으로 돌아가는 시간입니다.
    삶의 모든 치장을 벗어던지고, 나 자신과 마주하는 시간이, 한 번만 살 수 있는 우리들을 삶의 끝자락으로 인도합니다. 지금은 멈춰야 할 때를 알고 멈춰야 하고, 모든 아픔까지도 우아하고 품격 있게 표현할 줄 알아야 합니다.
    현명하게 질문하고 주의 깊게 경청하고 할 말이 없을 땐 침묵해야 합니다.

    죽음은 한 번뿐인 삶의 소중함을 깨닫게 하는 최고의 스승입니다. 삶을 살아내는 방법은 달라도 그곳을 향해가는 방향은 모두 같습니다. 우리는 죽음을 향해가는 순례자로 딱 한 번만 살 뿐입니다.
    삶과 죽음이 밀착된 일상이 반복되는 병원에서 하루의 대부분을 보내는 나는 더욱 뼈저리게 그것을 환자들로부터 배우고 있습니다.

항암치료와 혈액투석을 죽는 날까지 지속해야 하는 그들의 극단적 우울을 모르지 않습니다. 불안과 우울함을 호소하는 그들에게 의사와 환자로 삶의 방식은 달라도 우리 모두 가는 방향은 다르지 않음을 말하며 위로를 건넵니다.

삶을 완벽하게 평온한 것으로 경험하는 때는 행복이나 삶의 가치를 느꼈을 때가 아니라, 넘어졌을 때나 죽을 만큼 힘들 때, 자기 힘으로 다시 일어나는 회복탄력성을 경험하는 순간에 있습니다.

그때 우리는 죽음의 두려움, 질병의 공포를 담담함으로 이겨낼 수 있습니다.

그런 마음속 믿음을 만드는 건 자신뿐입니다. 그다음엔 믿음이 나를 만들어 갑니다. 그러므로 주저앉아 웅크려있지 말고, 죽고 싶다며 울지 말고, 자신의 깊은 곳에 있는 회복탄력성을 믿고 앞으로 나아가야 합니다. 그래야 그것이 가져다주는 행복을 느끼게 됩니다.

매일매일 좋은 삶을 건져 올리는 낚시꾼이길 소망합니다.

잠에서 깰 때, 창문 너머를 볼 때, 책을 볼 때, 떠오르는 삶에 대한 지혜를 낚는 사람이었으면 좋겠습니다.

인간은 태어나면서부터 부모의 절대적 보호 없인 생존할 수 없는 존재입니다. 그래서 생태적으로 무력한 존재라는 본능과 공포가 있고 그게 인간 두려움의 근원일지 모릅니다.

살아있는 동안은 필연적으로 같이 가야 하는 두려움의 본체인 죽음, 노화, 질병, 사고… 이들에 대한 불안을 극복하는 일은 앉아서 하는 다짐만으론 불가능합니다.

나가서 움직이고 행동함으로써 두려움을 이길 용기와 자신감을 얻습니다.

한 번만 사는 삶에 샴쌍둥이처럼 붙어 같이 움직이는 불안과 두려움을 처리하고 앞으로 나아가야 합니다.

'죽음을 기억하라'는 '메멘토 모리'는 끊임없이 죽음을 생각하라는 게 아니라 가치 있고 용기 있게 살면서 죽음이 찾아오는 순간을 준비하라는 것입니다.

한 번만 사는 삶이니까요.

풍덩 빠져 들어간 숲에서 받은 친구의 톡이 삶을 생각하게 합니다.

인간은 강과 같은 존재

"선생님. 스티븐입니다. 안녕하셨습니까? 한국에 들어왔습니다."

한동안 멍하게 카톡 문자를 보았습니다. 내 인생의 한 시점에 스티븐은 잊을 수 없는 사람입니다.

미국에서 KPI라는 초음파회사를 두 백인 파트너와 설립하고 성공적으로 이끈 것은 스티븐의 겸손함, 나무랄 데 없는 영어와 사업 태도였음을 난 압니다.

"세상에, 정말 스티븐 맞아요?"

"네, 영구 귀국했습니다. 빌 패덕으로부터 회사 지분을 5년 전에 인수하고 수천만 불의 매출을 일으킨 뒤, 미국회사에 M&A를 성공적으로 마쳤습니다. 올해 비로소 구로디지털센터에 있는 바이오넷 의료기기회사를 인수하고 코스닥 상장 등을 통한 새로운 사업의 모멘텀을 찾고 싶어서 왔습니다."

"그 회사는 우리 병원의 심전도 기기 등 많은 걸 공급하는 곳인데… 역시 대단해요. 스티븐. 한국에서 10여 년의 세월을 건

너뛰어 다시 만나다니 정말 반가워요. 영어가 훨씬 편한 스티븐이 한국의 험한 비즈니스 세계에서 잘 살아남아야 할 텐데… 내가 걱정 안 해도 되죠?"

내가 스티븐 나이이던 때 세 아들을 이끌고 새로운 삶을 꿈꾸며 한국을 떠났는데, 이젠 스티븐이 세월의 강을 뛰어넘어 반대로 미국에서 한국으로의 귀환을 알리고 있습니다.

세련된 비즈니스맨인 스티븐과의 재회는 내게 인간은 강과 같은 존재로 어느 강둑에선가는 다시 만날 수 있다는 특별한 감정을 선사했습니다.

강이라는 의미는 항상 내게 일회적인 삶, 재회, 시간의 순간성을 생각하게 합니다. 어찌 시간을 늘려서 잡아채야 할지에 대한 고민을 하게 합니다.

그리고 난 주변에서 다시 찾고 싶어 하는 마음이 따뜻한 물인지 스스로에게 묻습니다.

어린 시절 데미안을 읽고 강을 만났습니다.

알을 깨고 나온 존재가 강물처럼 흘러가는 삶의 광경을 묘사한 것은 충격적인 사유의 장으로 작은 사춘기 여자아이의 의식을 잡아끌었습니다.

흘러가는 시간 속에서 현재는 그렇게 강물처럼 흐르고, 지나온 과거는 흔적도 없이 사라집니다. 다가올 미래를 어느 물길로 내가 들어설지 모른다는 사실로 이야기하는 헤르만 헤세를 통해 철학적 사유의 단초를 연 기억은 아직도 생생합니다. 지나간 과거에 집착하는 짓이 얼마나 헛된 것인지 알았습니다. 그게 오늘이라는 현실을 불충분하게 살게 하고 바로 앞의 미래를 망친다는 것을 그 어린 나이에 헤세의 강 이야기를 통해 배웠습니다.

LIVE THE MOMENT, CAFE DIEM!은 쉽지 않은 일입니다.

오늘 하루 순간을 열심히 살아도, 알 수 없는 미래에 대한 불안으로부터 피할 방법은 없습니다. 흘러가는 시간의 강물을 잡을 수 없어서 순간이라는 말이 주는 허망함 앞에서 고민합니다.

TIME STRETCH를 생각합니다.

최소한 현재를 길게 연장할 수 있는 방법을 찾기 위해 골몰합니다. 스티븐처럼 새로운 세상인 한국으로의 귀환은 시간을 늘려 쓸 수 있는 현명한 방법입니다.

'인생이 강과 같다'라는 의미를 되새깁니다. 물은 어느 강에서나 같은 물일 뿐입니다. 모든 삶에 마찬가지인 시간처럼….

강을 흐르다 어느 둔턱에서 속도를 느리게 하고 머물다 다시 흘러갑니다.

"인간은 강과 같다. 그러나 큰 강이 있는가 하면 작은 강이 있고, 고여 있는 물이 있는가 하면 급류도 있다. 차가운 물과 따뜻한 물도 있다. 내게 있는 물은 어떤 물인가?"

– 톨스토이

눈이 아닌 마음으로 읽어야 하는 구절입니다.

모두가 한곳을 향해가는 것이 우리의 삶입니다. 그곳이 바다든 어디든 흘러간 후엔 흔적 없이 소멸되는 것이 인생의 강입니다. 이런 죽음의 강은 항상 또 다른 생명의 강들로 채워지고 도도히 흘러가고 있습니다.

내 삶의 소멸을 실패가 아니라, 그저 사라지는 무의미가 아니라, 완성으로 발전시킬 방법은 없을까를 고민합니다. 의미 있는 삶을 살다 아름답게 마무리할 수 있는 희망 찾기에 골몰하고 있습니다.

일 년씩 다른 문화 속에 살면서 새로운 환경 속에서 존재 가치를 찾는 것도 시간을 늘려 사는 방법 중의 하나일 겁니다.

매 순간 마음이 불행한 번아웃 증후군이 닥치기 전에 한국에서의 현재를 정리하는 게 그 시작임을 알지만 말뚝에 매인 말처럼 떠날 수가 없습니다.

스티븐이 탄탄한 기반의 미국회사를 정리하고 새로 시작해야 하는 한국으로 돌아온 것은 삶의 시간을 STRETCH한 것입니다. 현명한 사람입니다.

수시로 우리들 삶의 강둑엔 위험이 도사리고 있습니다.

경제적 파산, 암, 질병, 치매, 이혼 등등. 이 공포스러운 절망의 둔턱을 만나면 두 갈래 길에 서게 됩니다.

좌절하고 진흙탕 속으로 매립되어 버리거나 의지와 희망으로 그 둔턱을 빠져나와 다시금 넓은 강물에 합류하거나입니다. 크든 작든 일상의 스트레스로 만들어진 둔턱을 빠져나올 방법을 찾고 있습니다.

세계여행? 배낭여행? 코로나로 세계 각국의 문이 닫혔지만 조만간 끝이 보이고 백신여권을 들고라도 나갈 수 있을 겁니다.

재단을 설립하고 제3세계를 돕는 일에 뛰어드는 것? 하와이든 어디든 틀어박혀 또 다른 형태의 삶에 그들 강물의 일원이 되어보는 것? 등등등.

생각이 많아지는 요즘입니다.

한 사람이 사라지는 건 죽는 순간이 아니라, 그를 기억하는 이가 없어질 때일 겁니다. 지난 미국에서의 내가 잊혀졌듯, 내가 떠나면 이곳에서도 조만간 잊혀질 존재가 될 겁니다.

의미 있는 삶에 대한 갈망과 그 길을 찾아 떠날 수 있는 희망 찾기에는 그런 의미가 있습니다. 죽어도 죽지 않은 존재로 있고 싶은 바람과 소망은 우리 모두의 가슴에 있지만 쉽지 않은 일입니다.

그러려면 살아도 죽어있는 존재로 있는 이곳을, 현재를, 빠져나와야 합니다.

어딜 가도 생각은 우릴 따라다닙니다. 삶의 근원이자 자유의 원천인 영혼도 함께 따라다닙니다. 그러니 우리의 생각과 영혼이 삶의 진정한 의미를 찾도록 우리와 동행하고 보이는 것에서 보이지 않는 것을 보게 해야 합니다.

매일 똑같은 일을 하면서 세월에 끌려다니는 것보다, 쉽지 않은 일이지만 내가 하고픈 일을 하며 안 가본 곳을 가고 안 하던 일을 하는 것이 내게 남은 시간을 연장하는 TIME STRECH 방법입니다.

웃고 있다가도 슬픔이, 절망이, 툭 튀어나오는 말이 있듯, 잊었던 생각이 보란 듯 꼬리를 물고 나올 때가 있습니다.

'인간은 강과 같은 존재다'라는 톨스토이의 말이 그중의 하나입니다.

오늘 스티븐과의 연결은 오랜 시간을 뛰어넘어 과거의 좋았던 한 시점으로 회귀하는 강물을 연상케 했습니다.

"어디 계세요? 제가 가겠습니다."

"그러세요. 우리들 삶에 만약은 없어요. 10여 년만의 만남이군요."

우린 강물이고, 또 한 번의 삶, 만약은 없기 때문입니다.

만약은 없습니다.

언젠가는 꼭

"돈을 많이 벌면 언젠가는 꼭 마음이 맞는 사람과 세계여행을 할 거예요."

주말이면 가는 카페의 젊은 직원이 말합니다.

"언젠가는 꼭 내 사업과 함께 내 식당을 가질 거예요."

Y의 말입니다. 이혼하면서 받은 정신적 타격을 매일매일 영풍문고를 드나들며 삭히던 그 친구가 마침내 '언젠가'라는 미래에 대한 희망을 쏘아 올리고 있습니다.

이들은 말이 갖는 귀소본능을 아는 듯합니다.

내 앞에서 언젠가는 하고 말겠다는 걸 굳이 말할 땐 반드시 그러고 싶다는 희망의 사다리가 버려지지 않길 다짐하는 겁니다.

가끔 나는 코로나 시대의 우울감 때문인지 짜증 섞인 말이 튀어나오려 할 때를 경험합니다. 그럴 땐 재빨리 마음을 짓누르며 입을 틀어막고 말이 밖으로 튀어 나오지 않게 극도의 조심을 합니다.

말은 항상 내뱉는 사람의 귀와 가슴을 향해 돌진하는 귀소본능이 있음을 알기 때문입니다. 언젠가는 부메랑처럼 불친절한 말로 내게 돌아올 것이며, 그땐 내 목소리가 소리인지 소음인지도 함께 알게 될 겁니다.

여행만이 요즘 같은 코로나 시국에 가질 수 있는 유일한 일상의 숨구멍이라고 합니다. 여권 백신이라는 신조어도 시대적 산물입니다. 하지만 우린 떠날 수 없는 일상 속에 갇혀 있습니다.

돈의 문제가 아니라 관계 때문에 얽혀있어 꼼짝할 수 없는 거미줄에 잡힌 듯할 때가 더 많습니다. 그 속에서 하루하루를 땅만 보고 묵묵히 걷다가 때때로 아무 일 없이 평온한 삶이 못 견디게 답답하고 힘들어집니다.

조만간 여행을 떠날 거야 하다가, "언제까지 상상만 할 건데?"라는 가시 돋힌 질문에 마음을 찔립니다.

스스로 여행을 허락하지 않으면 불가능한 일입니다.

여행 길 위에 숨은 낯선 행복을 찾아 떠나고 싶습니다. 삶은 기꺼이 떠날 용기의 크기에 비례하여 넓어지거나 좁아집니다. 경제적 자유를 향한 일에 대한 소망도 '언젠가'라고 내뱉는 순간, 말의 회귀본능을 유발하고 그 말에 대한 책임을 져야 한다는 부담을 갖게 합니다.

잘 컨트롤된 현실을 버리고 새로운 위험 속으로 떠나긴 쉽지 않습니다. 그러나 안전감을 주는 일상에 길들여진 멈춘 삶 속에선 우릴 질식사시킬 이산화탄소의 양만 쌓이고 숨이 막힙니다.

그래서 현실에 안주하는 것은 질식사 또는 안락사라는 말이 옳습니다. 삶을 앞으로 나아가게 하는 원동력인 산소는 도전에서, 미지의 세상에 발을 들여놓으면서 나옵니다.

내 안에 들어있는 또 다른 가능성이 무엇인지는 도전하지 않으면 알 수 없습니다. 도전을 통해, 시작을 통해서만이 오늘보다는 다른 내일에 대한 희망이 삶의 두려움을 이겨낼 힘을 줍니다. 시작하지 않으면 아무 일도 일어나지 않습니다. 그래서 모든 시작엔 떨림과 두려움이 함께합니다.

'언젠가는 꼭⋯'이라는 말은 인간이라는 존재가 모두 죽음을 향해 걷는 순례자라는 의식과, 죽기 전에, 모든 것이 끝나기 전에, 도전해야 하는 미래가 가지는 꿈과 성공이라는 등불을 가슴에 품게 합니다.

수시로 포기하고 꿈이 꿈으로 끝날 때가 대부분이지만, 그래서 '만약에'라는, 허황된 기대를 버리지 못하지만 그것 없인 숨이 막혀 살기 힘든 게 우리입니다.

일상 속에서 만나는 '언젠가 꼭'은 우리가 살 힘을 주는 산소 같은 존재입니다.

사는 것은 죽는 것보다 더 많은 용기와 노력을 필요로 합니다. 죽음이라는 목적지를 향한 순례길에서 우리의 눈은 끝없이 먼 곳까지를 볼 순 없습니다. 짧은 인생을 살면서 너무나 많은 한계와 오류투성이의 길을 가고, 그 속에서 희망과 포기할 수 없는 꿈을 다짐하는 '언젠가 꼭'은 말의 회귀성에 대한 신앙을 갖게 합니다.

아무것도 우리들 삶에 확실한 것은 없습니다. 언젠가는 죽는
다, 꼭 죽고야 만다는 명제뿐입니다. 그래서 삶의 여행은 더 많
은 생각 속으로 우리를 안내합니다.

삶의 순례길 마지막 구간을 통과하면서 그저 아파트에 홀로
남겨진 노인으로 살 수는 없습니다. 홀로 남겨져 창밖 세상만 바
라보며 삶을 이어갈 때 그는 '언젠가'라는 말조차 잊게 됩니다.

자신이 누구였는지에 대한 아무런 단서도 남기지 못하는 인생
은 또 하나의 실패한 순례자의 발자취일 뿐입니다. 순례자로서
의 마지막 의무는 아름다운 인생을 준비하는 것입니다. 내가 누
구였다는 조그만 단서라도 남기고 가는 것입니다.

그러려면 삶의 가치를 알아볼 지혜와 품위가 있어야 합니다.
그것은 늘 새로움을 잃지 않으려는 의지와 언젠가에 대한 꿈입
니다. 이루어질 수 없는 사랑만큼 아름다운 소망입니다.

언젠가는 꼭 이곳을 빠져나가 새로운 경험을 하고 아름답게
살아가야지… 모든 이들의 꿈일 겁니다.

새로운 곳에서, 새로운 것에 도전하며 삶의 시간을 보내는 것
은 똑같은 일상으로 흘려보내는 시간보다 훨씬 긴 시간을 살게
합니다. 내 인생의 버킷 리스트, 언젠가는 꼭… 속에 들어있는
꿈입니다.

삶이 불확실성 때문에 모호하고 불안하지만 그 안에 들어있는
다양성과 가능성을 포기할 순 없습니다. '언젠가'라는 꿈과 사람

속의 관계를 이루는 사랑이 우리의 덜컹거리는 삶을 살게 하는 원동력입니다.

사랑은 배려와 책임이고, 받는 게 아니라 능동적으로 주는 것입니다. 우리들의 한 번만 살 수 있는 삶에서 사랑은 결코 포기할 수 없는 것입니다. 능동적으로 도전에 나를 던지고 삶에 대한 사랑과 배려를 간직해야 정지된 듯한 일상에서 질식사하지 않게 됩니다.

나이가 삶의 중턱을 넘는 때쯤에선 반드시 포기하고 받아들여야 할 때가 옵니다. 특별할 것 없는 보통의 존재가 나라는 사실을, 별로 이룬 것 없이 조만간 사라질 것이라는 잔인한 진실을 알아차립니다. 그때가 새로운 도전에 몸을 던져야 할 삶의 변곡점이고 언젠가 꼭… 하고 싶던 것을 해야 할 삶의 터닝 포인트입니다.

삶이란 많은 순간 우리를 절망에 빠뜨립니다.

실망할 수는 있어도 심각하게 살 필요는 없습니다. 어떤 상황에서도 웃을 수 있는 용기가 있고 없음이 인생의 질을 좌우합니다.

언젠가 꼭 한 번은 더 새로운 도전 속으로 떠나길 바라며, 삶의 가치를 아는 품위와 우아함을 가진 고귀한 노년으로 가는 방법을 몸에 익힐 일입니다.

쉽지 않은 일입니다. 무언가를 다시 시작하기엔 두려움과 떨림이 너무 큽니다.

지금의 이 평온하고 안전한 곳을 떠나면 무엇을 놓치고, 무엇을 그리워하게 될까요.

언젠가는 꼭 하고 싶어… 하던 말의 저주를 받아 비참해질까요?

하지만 말의 회귀본능을 믿으며 오늘도 다짐을 하듯 내뱉습니다.

"언젠가는 꼭…

가장 훌륭하고 세련되게 고독을 이겨낸 사람이 되고 싶다…."

아무 일도 없는 일상이 답답하지만, 일상이 깨질 땐 극도의 공포가 몰려옵니다. 이땐 이보다 더 나쁠 수도 있었다고 최면을 겁니다.

우리는 삶이라는
경기장에 들어선 투사

"죽을 만큼 피곤해요. 48시간 온 콜^{on call}에, 돌아서면 기관지 삽관과 응급장치 작동. 또 숨 좀 돌리나 하면 코드블루, 코드블루… 오늘은 올 코드^{all code} 환자가 들어와서 전쟁터였어요."

"어쩌니… 도와줄 길도 없고. 살아남아야지… 어탠딩 선생님들이 너의 스킬과 응급대응력을 신뢰하니까 맡기는 것 아닐까?"

지구 반대편 보스턴 병원서 일하는 젊은 의사의 푸념입니다.

한껏 초췌한 마스크 속 얼굴엔 수염이 덥수룩합니다. 벗지 못한 수술실 캡에 찌든 머리카락을 손으로 빗어 올리며 얼마나 힘들었는지 병원을 빠져나오는 순간 영상통화로 지친 모습을 내게 보입니다.

한국말로 가장 안전한 곳에 뻗어내지 않으면 도저히 살 수 없을 것 같아서랍니다.

"집에 가서는 은지에게 이런 모습 보이고 싶지 않아요. 엄마가 가장 안전한 ventilation 장소니 이해해 주세요. 환자나 어탠

딩 앞에서는 최대의 평온함을 유지하고 있어요. 가라앉지 않기 위해 물속에서 끊임없는 발길질을 하는 백조를 누가 우아하다고 했나요?"

"힘들 땐 그냥 묵묵히 바닥만 보고 가. 조만간 끝이 보일거야. 집에 가면 잠시라도 걸으렴. 산책이 도움이 될 거야. 네 모습이 꼭 전쟁터에서 귀환하는 병사 같구나….."

"네. 은지에겐 프로비던스의 브라운대학 앞에서 한국 음식 사오라고 했어요. 난 이렇게 오래 미국에 살았는데도 왜 죽을 만큼 힘들면 한국 음식을 먹고, 한국말로 전화해야 숨이 쉬어지는지 모르겠어요."

"아무리 한국 음식이 그리워도 로드 아일랜드에 있는 식당이라니, 조금 너무했구나. 우리 모두는 삶이라는 전쟁터에 있어. 넌 더 많은 도전 속에 있고… 가치 있는 일이지 않니? 힘내. 어제 내 친구 하나는 내게 전화해서 자긴 정말 잘 살았는데 지금 자기의 불행이 왜인지 도저히 이해가 안 된다며 분노했어. 너의 육체적 고통은 성장통이고, 그녀의 정신적 고통은 삶이 전쟁터라는 것을 깨우치게 하지. 그러니 집에 가면 먼저 나가서 걸으렴."

내 소중한 사람이 죽겠다고 구조신호를 보내며 찾는데, 유일한 처방이 '나가 걸으라'라니….

그러나 난 산책의 힘을 믿습니다. 행복을 주는 공간 속에 들어가면 비로소 숨이 쉬어지는 경험을 하기 때문입니다.

걷다 보면 어느 틈엔가 불안과 스트레스가 자갈돌만큼 작아지고 걷는 걸음걸음에 맞춰 데굴데굴 굴러서 머릿속과 가슴뼈 사이로 빠져나감을 느낍니다. 삶이 무너지지 않게 해주는 아주 작은 장치지만 꽤 쓸모 있는 처방입니다.

죽을 만큼 힘이 들 때나 불행한 일을 당할 때 우린 "WHY ME? 왜 나인가?"를 외칩니다.

온갖 변명과 비난, 남의 탓을 하며 고결한 내가 희생양이 된 것에 분노합니다. 그러나 사실은 "WHY NOT ME?"라고 해야 말이 됩니다. 정신적 고통에 죽을 것처럼 힘들다고 전화한 친구에게 차마 하지 못한 말입니다.

내겐 일어나지 말란 법이 어디에도 없습니다. 그렇게 받아들여야 빠져나갈 길이 보입니다. 곤란한 지경에 빠졌을 땐 언제나 이런 합리적 낙관주의자가 되어야 합니다. 항상 최악을 예상하면서 최선을 기대하는 것이 삶이라는 경기장에 선 우리의 올바른 태도입니다.

보스턴의 병원에서 일하는 아들에게 항상 하는 말입니다. 최악은 환자의 사망. 그 앞에 선 의사로서의 최선을 당부합니다.

삶이라는 경기장에 선 투사에게 확실한 것은 아무것도 없습니다. 흠씬 두들겨 맞을 거라는 것 외엔… 그러니 '왜 나인가'보다는 두들겨 맞을 걸 알면서 대담하게 뛰어들어야 가치 있는 삶을 살 수 있습니다.

이때 필연적으로 따라붙는 두려움과 불안. 그것을 이길 용기가 우리에겐 필요합니다. 자신의 단점과 약함을 드러내고 위험을 감수할 때 생기는 게 삶의 검투장에 들어선 투사의 용기입니다.

원인 모를 막연한 불안 앞에서 몰려오는 두려움에 이름을 붙이고 실체화하면 두려움을 이길 수 있습니다.

환자가 죽고, 의료분쟁에 휩쓸리는 것, 돈이 떨어지고 남루해지는 것, 노후 파산, 고독사, 몇 장의 티셔츠로 살아야 하는 상황 등등.

이 모든 것은 내가 상상할 수 있는 실체화된 최악의 두려움입니다.

그 두려움 속에서 최악의 상황을 이겨낼 최선, 혹은 차선의 해결 방법을 가슴에 품는 것입니다.

일에 지쳐 도망치듯 퇴근하고 때때로 무작정 집을 나서서 걷습니다. 그러면 산책을 통해 내 두려움들은 작은 조약돌이 되고 데굴데굴 굴러 나가는 것을 경험합니다.

그러면서 삶의 경기장에 선 투사인 우린 비록 흠씬 두들겨 맞을지라도 눈을 뜨고 맞을 용기를 얻게 됩니다.

현명한 투사는 살아날 방법을 나름대로 찾습니다.

내겐 무작정 걷기와 드라이브이고 보스턴의 젊은 한국계 미국인 의사에겐 그냥 마음 놓고 쏟아내는 한국말, 그리고 매운 한국 음식입니다.

평정심을 위해, 실질적인 대책을 위한 계산을 필요로 하기도 합니다.

이런 최악이 내 삶을 끝장내는가? 그것은 최악의 상황 1–10 사이의 어느 단계인가? 단계를 매긴 최악을 빠져나오는 데는 얼마나 걸릴 건가? 그리고 회복시간은? 등등….

그렇게 두려움을 리허설해 보는 것입니다.

두려움 속에 숨은 지혜가 우리를 가르칩니다. 미세한 마이크로의 세상에서 매크로의 세상으로 나갈 길을 열어주고 작은 디테일이나 시도가 큰 변화와 성공으로 이끌 수 있음을 알게 합니다.

삶이라는 경기장에선 언제나 좋고 안전한 타이밍만을 기다릴 순 없습니다. 흠씬 두들겨 맞아도 경기장 안으로 들어가야 합니다. 흠씬 맞을 수 있다는 것과 절대로 좋은 타이밍은 없다는 것만이 확실한 팩트입니다.

이런 팩트를 무시한 무모한 용기는 만용입니다.

여자든 남자든 삶의 강줄기가 급격히 바뀌는 순간이 있습니다.

사춘기, 노년기, 결혼, 이혼, 가족의 상실 등등….

우리들 정체성의 변화가 요구되는 시기이며 삶의 변곡점입니다. 삶이라는 경기장에서 두들겨 맞다가 어느 순간 눈을 부릅뜨고 맞으며 빠져나갈 길을 찾습니다. 최악의 상황에서 최선을 다해야 하는 시기입니다. 이런 삶의 위기를 넘기고 용감하고 현명하며 우아하게 성숙해야 합니다.

삶의 경기장에 들어선 투사인 우리에게 삶에 대한 통제권은 없습니다.

단지 포기할 건지 앞으로 갈 건지의 선택권만 있습니다. 두들겨 맞고 깨진 때 다시 일어날 수 있는 회복탄력성을 믿고 일어서서 나갈 건지의 선택은 온전히 우리의 몫입니다. 그렇게 통과한 투사에게 남는 것이 유머와 감사 그리고 타인에 대한 배려라면 행복한 삶입니다.

그 많은 두려움 속에서도 유머와 감사를 잃지 않고 타인을 배려하는 성숙한 어른으로, 직업인으로 살아남는다면 그보다 더한 성공은 없을 듯합니다.

최악의 상황을 구체적으로 정의하고, 차선의 방법으로 리허설하고, 기꺼이 리스크를 감당하겠다고 마음먹고 경기장으로 들어선 자만이 제대로 살아남는 행운을 갖습니다.

미국에서 인종차별을 극복하고, 백인 의사 세계의 견제를 이겨내고 성공할 수 있는 힘을 오늘의 한국말 수다와 음식, 산책으로 얻으리라 생각합니다.

인생은 과거, 현재, 미래로 이어지는 직선이 아닙니다. 점 같은 수많은 찰나가 쭉 이어진 것입니다. 그러니 지금, 현재, 내 앞에 주어진 인생 과제에 충실하고 즐겁게 몰두해야 합니다. 그 몰두는 삶의 경기장에 우리를 세우지만, 흠뻑 두들겨 맞을 걸 알면서 들어가면, 우린 웃으며, 눈을 뜨고, 방향을 잡으며, 맞을 수 있습니다.

나와 함께 삶의 경기장에 선 동시대의 젊은 투사에게, 화이팅!!

페르소나
– 사회적 가면 속에서

내 안의 수많은 나와, 나를 의미하는 많은 외피들을 생각합니다.

엄마, 딸, 의사, 대표… 그중의 핵심은 무언지 모르겠습니다. 수많은 페르소나가 각기 다른 의미의 나이기 때문입니다.

인간적 관계와 직장에서의 역할로 굳어진 사회적 가면을 벗기가 쉽지 않습니다.

페르소나를 벗고 민낯을 마주할 용기가 없습니다. 가면이 벗겨진 나를 드러낼 때의 반응은 두 가지입니다. 존경 아니면 무능.

나이가 들면 잎을 떨구고 벌거벗은 나목이 되는 것처럼 이제껏 익숙해 온 사회적 페르소나를 벗어야 할 인생의 시간이 다가옵니다. 용기가 필요한 일입니다.

인생의 후반기로 가면서 맞는 위험은 그것만이 아닙니다. 사회적 관계의 모든 것이 리스크로 다가옵니다.

캥거루족으로 변한 성인 자녀, 보이스 피싱이나 보증을 통한 금융사기, 은퇴를 맞고 겁에 질려서 한 은퇴 창업의 파산, 갑자기 덮치는 중대한 질병, 서로 맞지 않은 갈등이 기어이 터지는 황혼이혼 등이 사회적 동물로 살아온 우리들 노년의 5대 리스크라고 합니다.

인생 후반 5분을 남기고 먹는 이 자살골들은 우리를 또 다른 페르소나 속에 가두어 버립니다. 비참하고 우울한 삶 속에서 웃음을 잃고 늙어가게 합니다.

아무리 물욕을 버리고, 가난 연습을 하고, 두려움을 이기는 방법으로 리허설을 하며 버틴다 해도 참아내기 쉽지 않은 리스크들입니다. 가끔은 정기적으로 괴로워하면 괴로움이 줄어들지 모른다는 엉뚱한 생각도 합니다.

얼마 전 A로부터 문자가 왔습니다.

"한 달 전부터 비트코인에 투자를 시작했어요. 생전 처음 하는 투자의 세계인데 미친 세상이 아니고서야 이럴 수가 있을까요? 알트코인으로 바꿔서 24시간 돌아가는 스마트폰 세상에서 이더리움과 리플에서 한 달 만에 50% 수익이라니… 믿기지 않고 때때로 무서운 생각도 들어요. 아님 그동안 노동으로 번 돈만이 가치 있다고 믿으며 일하던 내가 사회의 변화를 너무 모른 바보였나요? 이렇게 막대한 돈을 일하지 않고 벌어도 되는 건가요? 주식시장이 가열되고 누군가는 막대한 돈을 벌어도 내 일이 아니라며 애써 무시했어요. 그러다 벼락거지가 되는 건 아닌가 너무 불안해서 들어간 게 비트코인 투자인데… 놀라서 말이 안

나올 지경이에요. 직장에 나가 열심히 일하는 게 정말 옳은 건가? 라는 이상한 생각 속에 있었어요."

"…난, 그 세상을 몰라요. 그런데 놀랍군요. 일할 기분이 나지 않겠어요. 직원 급여에, 세금에 온갖 속을 다 썩히면서도 남는 게 없는데… 알트코인이 투자인지 투기인지… 그렇게 많은 수익을 보는 사람이 있다면 누군가는 빈털터리가 되는 게 아닐까요? 전 모르겠어요."

내가 아는 A는 고지식하게 일하고, 노동의 가치를 중시하며, 은행에 저금만 하는 웃을 줄 모르는 꼰대입니다.

그런 그가 무슨 생각으로 갑자기 가상화폐 시장에 뛰어들었는지 난 모릅니다. 뉴스에서만 듣던 시장에 그가 뛰어들다니… 정말 예상하지 못했습니다.

며칠 후 그를 보며 많은 생각이 들었습니다.

사람의 인상이 이렇게 달라질 수도 있구나… 놀랐습니다..

그의 표정은 한결 부드러웠고, 일상적으로 부리던 짜증이 없어졌습니다. 수익이 상상을 초월하자 삶을 바라보는 시각이 바뀌었다고 합니다.

"가면 쓰지 말고 원래의 까탈스런 모습으로 가시지요. 낯설어요."

내 농담마저 너그럽게 받아넘기는 그는 확실히 다른 페르소나를 쓰고 내 앞에 있었습니다. 하지만 여전히 정당한 노동의 대가가 아닌 게 마음에 걸린다고 했습니다.

"사업하는 사람들이 IPO 거쳐 코스닥 상장을 꿈꾸는 건 200억 회사가 2천억이 되는 현실이고, 서울에 아파트 하나 분양 당첨이 되면 일시에 수억의 돈을 버는 로또이기 때문이에요. 굳이 비트코인으로 번 돈만이 나쁜 건 아니에요. 전 아직 많이 낯선 세상이지만….."

A가 이번에 내 앞에 쓰고 나타난 페르소나는 상당히 긍정적입니다. 훨씬 부드럽고 자만함을 드러내지 않으려 겸손했습니다. 너무나 다른 사람으로 내 앞에 있었습니다. 경제적인 여유가 그를 새롭게 만든 듯합니다.

자존감을 키우고, 사회와 가족에서의 관계를 재정립하고, 가지고 있는 자산과 직업, 건강관리에 새로운 정돈이 필요한 시기가 인생 후반전입니다. 의사, 사장, 임원 등등의 명함을 버리고, 그럴듯했던 사회적 가면을 벗고, 다른 페르소나로 살 용기가 필요합니다. A는 우연히 시작한 투자로 인해 자신감의 페르소나를 다시 입은 듯합니다.

일을 통한 경제적 자유만이 옳다는 미신적 신앙에서 조금 자유로워진 것 같습니다.

하나의 오랜 세상을 빠져나와 새로운 세상의 문을 살짝 열 때의 낯선 아름다움을 그는 경험한 듯합니다. 그동안 익숙했던 사회적 가면이나 고정관념을 벗고 새로운 페르소나로 살고 싶을 때, 그것이 강렬한 느낌을 가진 낯선 아름다움과 성공으로 다가오면 얼마나 좋을까요?

오랜 입원 후 퇴원하는 환자가 느끼는 낯선 아름다움, 사랑에 빠진 때의 설명하기 어려운 강렬한 느낌, 도저히 믿기지 않는 새로운 투자에서의 성공 등등… 그것이 우리들 삶의 후반기에, 변화된 페르소나로 살아야 할 때 고대하는 희망입니다.

나이에, 세상에 쫓기면서 벌거벗을 용기가 없는 내가 입에 달고 사는 바쁘다는 말은 지금 내가 하고 있는 일이 별로 중요한 게 아니라는 사실을 가리기 위한 과장된 피로일지 모릅니다.

바쁘다는 말만큼 자기 존재의 증명이면서 삶의 공허감을 막는 울타리는 없기 때문입니다. 사회에 대한 불평불만은 또 다른 자기보호 메커니즘입니다. 스스로를 피해자라고 생각하며 징징거리는 것이 노후의 페르소나가 될까 두렵습니다.

현미경으로 나뭇잎을 들여다보듯 내 마음 구석구석을 탐색하고 해부해 보면 불안, 불만, 강박을 만드는 범인은 바로 나라는 사실을 알게 됩니다. 이런 누추하고 불만투성이의 가면을 용기 있게 벗어던질 필요가 있습니다.

바쁜 일상인의 페르소나로 나를 가리고 살다가 은퇴든, 질병이든, 강제로 사회적 가면이 벗겨지게 될 때 현명한 사람들은 또 다른 꿈을 꾸며 도약을 꿈꿉니다.

이때의 꿈은 일어나지 않을 일을 그냥 상상하는 것일 때가 많습니다.

조직적인 목표와 탁월한 계획이 있어야 가능한 꿈이지만 이때는 상상만 할 수 있어도 충분합니다.

그런데 A는 실행에 옮겼습니다. 결코 적지 않은 은퇴자금을 가상화폐 시장에 들이밀고 행운을 잡았습니다. 그 행운이 그에게 여유로운 모습의 페르소나를 선물했습니다. 부러운 일입니다.

절망하지 말고, 겁먹지 말고, 용기를 갖고 가면을 집어들 때 변장을 하고 찾아오는 천사를 만나는 행운을 누릴지 모릅니다. A처럼….

행복한 얼굴의 페르소나로 산다는 것은 내가 마주하는 모든 것들을 온전히 느끼는 것입니다. 그러기 위해선 또 다른 면에서는 희망을 넘어서야 할 것입니다.

소망을 극복하고 아무것도 바라지 않게 되는 순간이 비로소 꿈이라 부르는 '희망 고문'을 넘어서는 순간일 겁니다.

'언젠가는 될 거야'라는 '희망 고문'으로부터의 자유를 꿈꾸는 또 다른 페르소나는 이 나이의 특권입니다. 행동으로 옮길 수 있을 만큼 삶의 무게로부터 벗어난 탓입니다.

생각을 쉬게 하며 마음의 주름살을 없애고, 생각과 충돌하는 빽빽한 나무숲 속에 빈터로 있는 명상의 뜰을 찾아 나서고 싶어 합니다.

우리의 손바닥만 한 심장은 너무나 작습니다. 그런데 그 심장 안에 이토록 많은 생각과 페르소나를 간직하다니 놀랍습니다.

"신이 답합니다.
'너의 눈은 더 작은데도 세상을 다 볼 수 있다.'"

– 루미

지금 나는 어떤 페르소나로 살고 있는지를 묻습니다. A가 내
게 던진 삶의 질문입니다.

5.

어디에 있든,

그곳의 이름은 '여기'

∾

삶의 궁극적 목표는 기쁨.
하늘, 태양, 별, 바다, 나무, 그리고 만나는 사람들에게서 기쁨을 느낄 것.
행복공간을 가질 것.

∾

마음과 연결된 길을 찾아서

내 마음이 무엇을 원하는지, 내 삶이 무엇을 원하는지, 그 길을 찾아 들어가 보고 싶습니다.

많은 생각들이 둥둥 떠다니는 시끄러운 소리들을 잠재우고 싶어서 컴퓨터를 켜고 아무 생각이든 적어 내려가고 있습니다. 그것이 내 마음으로 가는 길이라 믿고 있습니다. 많은 순간을 살지만 정작 마음을 찾아가는 길은 잃고 삽니다.

이런 때는 노트북을 들고 행복감을 주는 공간을 찾아 나섭니다.

오전 한때의 스타벅스에서의 한 시간, 갤러리에서의 두세 시간, 숲속에서의 서너 시간… 그리고 숲과 강이 있는 젊고 세련된 동네로의 이사 등등.

홀로 공간이 주는 아늑함과 마주하면 마음과 연결된 길을 찾기가 쉬워집니다.

매일의 일상에 매이면서 고인 물처럼 썩고 있었습니다.

마음으로 가는 길을 따라 떠나고 싶어 합니다. 일상의 것들을 뒤로하고 익숙했던 것으로부터 떠난다는 것은 오래된 생각과 안일한 습관으로부터의 결별을 의미합니다. 어떤 방법을 통해서든 고인 물속의 냄새를 없애고, 의미를 상실한 채 그냥 대충 살아가는 것을 경계해야 삶이 표류당하지 않는다는 절박함이 있습니다.

한 번도 경험해 보지 않은 코로나 시대의 거리두기가 행복공간으로의 길을 막고 우울함을 더하지만 이 또한 치유의 시간이라고 생각하려 합니다. 이렇게라도 일상에서 거리두기를 하고 강제격리가 되지 않으면 마음을 들여다볼 시간을 갖는 건 엄두도 못 낼 것임을 알기 때문입니다.

일로부터 영원히 떠나야 하는 은퇴도, 어떤 강제된 사건이 없인 내 손으로 그만두진 못할 거라는 공포가 내 속엔 있습니다.

얼마 전 타계한 94세 요양병원 할머니 의사처럼 될지 모릅니다. 그녀의 삶은 그대로 아름답지만 내게 그런 행운은 없을 겁니다.

일이 있었기에 화장도 하며 얼굴을 가꾸고 명징한 기억력을 지니려 노력했다고 94세의 여의사는 말합니다. 그분의 마지막 인터뷰 사진이 좋아 보였습니다.

나는 강제 격리되듯 삶의 일터를 떠나는 것만은 없길 소망하고 있습니다. 내 자유의지에 의해 빛나는 또 다른 시절을 만나기 위해 떠날 수 있었으면 좋겠습니다.

나이가 들수록 사소한 음악 한 줄에, 유튜브에 떠다니는 짧은 영상 하나에, 과거의 아름다운 기억이 추억의 옷을 입고 나타납니다. 미화되고 현실성이 떨어진 그것들 때문에 며칠을 행복한 기분에, 설렘을 느껴보기도 합니다. 행복공간만큼 중요한 기억들입니다.

이런 소환할 추억을 만들기 위해 떠나고 싶어 합니다.

더 늦기 전에, 늙음의 틀에 갇히기 전에 떠나야 그 후를 살 수 있을 것 같습니다.

생의 마지막을 통과한 사람들이 누워있는 봉안당을 가면 삶이 끝난 후의 고요한 적막감이 바람에 섞여 훅 몰아칩니다. 그 속에서 나는 언제나 마음의 길을 찾아 들어가곤 했습니다.

그렇게 홀로 조용히 있을 때 열리는 마음의 길은, 현재의 내게 떨어진 인생의 신 레몬을 어떻게 현명하게 처리해야 하는지를 고민하게 합니다.

경제적 안정이라는 미명하에 쉬지 않고 일하며, 그저 시간을 살고 있는 일상은 인생의 달콤한 레모네이드를 만드는 길이 아님을 보여줍니다.

돈에 대한 욕심을 버리고 결핍이 접근할 수 없는 내면의 평화가 진정 원하는 것이라고 바꾸어 생각합니다. 사색을 통해 고민과 불안을 해소하며 평상심을 찾기 위한 노력을 할 때가 레몬이 레모네이드로 바뀌는 순간이 아닐까 합니다.

현실적인 부의 크기와 상관없이 내 마음이 가르치는 것은 가난이나 결핍이 없는 내적 평화입니다. 그래서 매 순간 일터에서 직원들과 환자에 대한 '따뜻한 말과, 눈매, 그리고 미소'를 잊지 않으려 노력합니다.

그러나 항상 고민과 불안, 온갖 시비와 함께하는 일터에서 평온함을 갖기는 쉽지 않습니다. 불안과 함께 살아가는 게 도전하는 과정에 들어있기 때문입니다.

언제나 불안과 함께하는 현실 속에서 마음의 평온함을 찾아가는 길은 말과 생각만으로는 되지 않습니다.

미래에 대한 걱정을 해결하는 현실적 방법은 현재 상황을 솔직히 분석하고 실패 시 생길 수 있는 최악을 대비하는 플랜 B를 세우는 것입니다.

금전적인 안정, 멋진 휴가, 물건에 대한 집착, 그리고 사람에 대한 기대로부터 마음의 평온을 얻고 싶습니다. 그곳으로 가는 마음과 연결된 길은 잠시 멈춰야 보입니다. 조용히 멈춰 서서 마음의 심연을 들여다보는 것입니다.

소중한 추억을 수집하고, 아름다운 것을 바라보고, 지는 해를 보며, 삶이 끝난 후의 적막함을 기억하면서 내일을 준비하는 것들이 마음으로 가는 길 위의 풍경입니다.

캘리포니아의 라구나 비치, 나파 밸리, 하와이, 그리고 제주도 애월의 협재바다 등 내 과거의 추억이 쌓인 그곳들이 지금 내 삶의 부름에 기꺼이 응답하게 하는 힘이 됩니다.

지금부터라도 고상하고 우아한 취향을 몸에 익히고 늙어가면 삶은 내게 한결 친절해질 것입니다.

　모든 것에 정중한 태도를 잃지 않는다면 소박한 이웃들의 도움을 받을 겁니다. 행운이 내 편이 된다면 불행을 함께 나눌 친구도 가질 수 있을 겁니다.

　내가 수집해야 할 것은 돈이나 물건이 아니라 누군가와 함께 나눌 추억이어야 할 것이고, 그때는 하루를 느리고 우아하게 아다지오의 선율로 살아도 행복할 거라는 생각이 듭니다. 속도 중독증과 조급증에서 벗어나기 위해서도 마음의 길을 찾아 떠나야 합니다.

　이번에 방문한 보스턴의 뉴버리 포트, 브라운 대학, 경과 은지와의 추억이 코비드 시대의 사회적 격리라는 신 레몬에 첨가할 설탕이 되고 레모네이드가 되어 마음의 길을 찾아가는 기회를 주었습니다.

마음과 연결된 길 위에서 오늘 난 또 다른 가능성을 보고 있습니다.

요즘처럼 불안 조절 장애에 빠진 날은 삶이 마냥 팍팍하고 답답하게 느껴집니다.

그러나 한 번뿐인 삶이니 묵묵히 뚜벅뚜벅 가야 함을 압니다.

'덜 조급하고 더 유연할 것.

우아하고 멋지게 살 것.

배려와 미소를 잊지 말 것.

행복이 습관이듯 수시로 마음과 연결된 길에 들어설 것.'

내 마음과 연결된 길 위에서 만나는 나입니다.

혼자 있는 시간 속에서

남산 힐튼호텔에서 열리는 학회에 참석했습니다. 비대면 온라인 학회에서 벗어나 모처럼 열린 대면학회가 무척 반가웠습니다.

인간은 혼자 있는 시간을 갈망하지만 기본적으로 함께 있어야 하는 사회적 동물입니다. 많은 학회가 있지만 남산 힐튼호텔서 열릴 때는 남산 성곽을 걸을 수 있는 소월길이 있어서 기쁜 마음으로 참석하곤 합니다.

함께 따로… 코로나 시국이라 드문드문하게 자리 배치를 해서 답답하지 않고, 점심시간이면 밥 먹는 것보다 홀로 나가서 남산 성곽을 걸으며 혼자만의 시간을 가질 수 있어서 좋습니다.

많은 증례가 쏟아져 나오는 학회에서 빠져나와 홀로 있을 땐 그동안 속으로 집어삼켰던 내 환자로 와서 죽음의 길로 떠난 많은 환자들에 대한 생각들이 소화되지 않고 남아있다가 이야기들을 내뱉길 강요합니다.

죽음을 준비하면서도 더 살고 싶어 하던, 지극히 기본적인 인간의 본성을 가진 환자들이었습니다. 나도 예외는 아닙니다.

그들은 '말문이 막히고, 생각조차 얼어붙고, 전신에 전기가 오며 힘이 빠지는 것'을 경험하게 했습니다. 그래서 삶이 더 불안했을지도 모릅니다.

불안에 시달릴 때 어떻게라도 극복하려 노력하면 마법처럼 막다른 골목에서 헤어 나올 길을 찾곤 합니다. 오늘도 점심시간에 남산 성곽을 걸으며 막다른 길의 끝에 존재하는 샛길을 찾고 있습니다. 혼자 있는 시간이면 난 습관처럼 이런 샛길을 찾습니다.

누군가는 혼자 있는 시간과 연필, 종이만 있으면 세상을 바꿀 수 있다고 말합니다. 오직 자기만을 바라보며 마음을 기록하는 일 속에서 세상을 바꿀 방법을 찾는다고 합니다.

정말 그럴까, 그들 말을 의심합니다. 난 숨 쉬기 위해 샛길을 찾는데 누군가는 세상을 바꿀 방법을 찾는다니….

세상 속에서 성공을 향해 달리고 행운을 붙잡은 사람들에게 혼자만의 시간은 불안과 두려움이라는 흙탕물을 가라앉히는 유일한 방법입니다. 그때의 불안감과 두려움은 절망의 징후가 아니라 새로운 에너지와 희망의 징후일 겁니다.

우리의 삶이 일상의 잡다한 것들에 의해 집어삼켜진 이유는 작고 소소한 기쁨과 평온함에 우리의 일상이 굶주렸기 때문입니다. 혼자 있으면서 내가 사랑했던 풍경들을 눈여겨보고, 좋아했던 것들을 어루만지며, 매일의 안부를 물을 수 있다면 삶의 불안함으로부터 빠져나오기가 훨씬 수월할 겁니다.

많은 사람이 간다고 그 길이 최고의 길은 아니었다는 걸 알게 된 나이에 접어들었습니다. 모두가 몰려가고 있는 행복, 성공을 향한 길에서 배제될까 노심초사했는데 혼자만의 길을 찾아도 충분히 괜찮았을 거라는 아쉬움이 남는 시간 위에 서 있습니다.

앞서가는 삶을 사는 남의 등만 보고 걷다가 내 삶의 이정표를 잃어버리고 막다른 길에 덜컥 들어섰을 때 빠져나갈 방법은 단 하나입니다. 그곳에 멈춰 서서, 눈을 감고 혼자만의 지도를 머릿속에서 소환하는 일입니다.

그래도 빠져나오기는 쉽지 않습니다. 미리부터 인생의 사거리에서 직진이든 좌회전이든 우회전을 자신의 힘으로 하고 걸을 수 있었다면 쉬웠을 겁니다. 이젠 삶의 잡동사니로 가득 찬 배낭이 무거워져서 되돌아 나오는 길이 쉽지 않습니다.

미리 수시로 혼자 있는 시간을 가지며 맞는 길인지 점검했으면, 그 길에서 불필요한 것들을 미리미리 줄일 수 있었으면, 방향을 틀어야 할 변곡점에서 훨씬 쉬웠을 것입니다.

일로부터 오는 스트레스나 사람 관계의 부조화로, 숨이 막힌 듯 답답할 때는 범죄 현장에서 도망치듯 범인의 심정으로 일터로부터 도망쳐 나옵니다. 그리고 마침내 홀로 남겨져 걷고 있는 자신을 만나면, 깊은 심호흡 속에서 다시 살 힘을 얻습니다.

운동 삼아 걷는 게 아니라 살기 위해 걷습니다.

혼자만의 시간 속에서 산소가 공급되고 비로소 숨통이 트입니다. 죽을 듯 답답한 영혼을 위해, 머릿속의 요란한 소리를 잠재우기 위해 걷고, 그다음에 몸이 뒤를 따라옵니다.

걷고 있는 몸의 느리고 안정된 호흡 속에서 완벽하고 싶은 충동과 꿈을 이루고 싶은 야망을 잠재우고 있습니다. 얻고 싶은 게 있고 원하는 것을 가지면 반드시 대가를 치러야 한다는 당위성에 항복합니다.

아직도 얻고 싶은 것을 열망하는 마음은 격렬합니다. 늙고 싶지 않은 꿈은 치열하기만 합니다. 그래서 머리가 아픕니다.

우리들 삶 속의 열망, 꿈, 이것들은 성공의 불꽃을 만들기에는 부족할지라도, 우리를 살게 하는 현실의 에너지입니다. 열정이 죽으면 삶도 따라 죽습니다.

어디까지가 욕심이고, 열정인지 모릅니다. 그럼에도 불구하고 모든 욕망하는 것을 열정이라는 이름으로 표출하지 않으면 자기희생만 있는 죽음, 실패라는 자괴감에 빠집니다.

홀로 걸을 때, 혼자만의 시간 속에서, 숨죽인 열정의 불씨를 찾으려 마음속을 뒤지는 이유입니다. 행운을 심어놓고 우연한 발견으로 기뻐할 수 있길, 그 즐거움을 맛볼 수 있길 소망합니다.

얼마 전엔 보스턴을 가기 위해 짐을 꾸리다가 작년 겨울 패딩 속에 비상시를 위해 현금으로 넣어두고 잊었던 100불짜리 지폐 5장을 발견했습니다. 거저 얻은 듯한 기분 좋음으로 은지의 백을 사서 선물하며 행복했습니다. 우연히 박아두고 잊어버린 그것이 소소한 행운 찾기가 되었습니다. 열망이나 열정도 이런 소소함으로 다가오면 참으로 좋겠습니다.

그래서 혼자만의 시간 속에서 혼자 걷는 일을 이런 소소한 행복 찾기의 하나라고 스스로 위로하고 있습니다.

잊고 있던 나와 만나고 좀 더 행복하고 평온한 자신을 위해 걷습니다. 주말이면 뒤도 돌아보지 않고 일터를 빠져나와 누가 부른 듯 여의천으로 뛰어나가서 걷기를 시작합니다. 이것은 진정으로 내가 원하는 삶이 무엇인지를 찾아가는 여정이며 혼자 있는 시간을 통한 힐링입니다.

불필요한 짐을 덜어낼 목록을 짜는 시간이기도 합니다. 인생의 가방을 다시 싸서 가벼워져야 앞으로 다가올 전환점에서 몸을 돌려 빠져나오기가 쉽기 때문입니다.

가볍고 비어있는 삶을 유지해야 아직은 오지 않은 평온하고 최상인 삶을 향해 갈 수 있습니다.

혼자 있을 때에도 내 몸에 대한 예의를 갖추기 위해 화장을 하고 머리를 단정히 하려 노력하는 요즘입니다. 몸은 신성한 옷이라는 속삭임 또한 혼자의 시간이 주는 교훈입니다. 수수하고 화려하지 않은, 기본에 충실한 것을 옷가게에서 발견한 때의 낯선 즐거움 같은 것도 있습니다.

이렇듯 혼자 있는 시간은 진정한 것으로, 기본으로, 잡다한 것을 덜어낸 빈 곳으로, 돌아가게 하는 과정입니다. 삶의 무게를 가볍게 하는 길입니다.

ATTITUDE, AWARENESS, AUTHENTICITY

인생에 대한 태도, 자각, 진정성이 혼자 있는 시간에 되새김됩니다. 오랫동안 잊고 있었습니다.

살아있음을 느낄 것, 타인과 비교하지 말 것, 좋아하는 일을할 것.

내겐 어렵기만 한 이것을 하라고 남산 성곽의 혼자 걷는 길이말합니다.

늑대 요리하기

　정체를 알 수 없는 불안감이 엄습하는 월요병입니다.

　아침부터 한 주의 시작이 주는 열정과 긴장은 온데간데없고 갑자기 이유도 없는 두려움이 몰려왔습니다.

　환자가 잘못되면 어쩌나, 엄청난 세금을 감당할 수 있을까, 성희롱을 당했다며 자기 부서의 실장을 고발하겠다는 직원 문제는 또 어떻게 되고 대표자인 내겐 얼마나 큰 번잡함이 생길 건가, 난 제대로 내 길을 가고 있는 건가, 등등….

　온종일 해결되지 않는 늑대를 안고 오후 4시 진찰실을 벗어나 무작정 차를 타고 고속도로 위에 섰습니다. 어디로 갈지는 별로 중요치 않았습니다.

　음악을 크게 틀고 창문을 여니 훅 하고 아카시아 향기가 차 안으로 밀려들어 오며 불안감과 우울을 조금씩 씻어냅니다.

　"…사랑받았던 기억들, 치유의 카드, 힘들 때 아빠는 울지 마라 하지만 엄만 눈물을 글썽입니다. 엄마의 얼굴을 한 천사를 봅니다…"

ED SHEERAN - SUPERMARKET FLOWERS 노래가사가 마음을 감싸며 위로를 건넵니다. 음악을 크게 틀고 가끔은 눈물도 찔끔찔끔 흘리며 집으로 돌아오고, 이렇게 오늘 난 내 마음 속 늑대 하나를 처리했습니다.

살면서 오는 대부분의 늑대의 위기는 금전적인 문제로 우리를 덮칩니다. 호시탐탐 어둠 속에서 우리의 방심을 노리다 잽싸게 우리에게 달려들어 목을 물어뜯는 늑대를 우린 피할 방도가 없습니다. 이것은 경제학에서의 회색 코뿔소이며 심리학 속의 늑대입니다. 피할 수 없는 공격 앞에서 그것을 잡아서 요리하는 것은 결코 쉽지 않습니다.

항상 우리들 삶의 문밖에선 배고픈 늑대가 끙끙거리고, 바닥을 긁어 댑니다. 불안과 공포가 몰려오고 이겨내기 힘든 사람들은 우울증과 공황장애에 빠집니다.

투자해 놓은 많은 곳에서 생각처럼 수익은 오르지 않고, 금리가 올라가는 시점에 은행은 대출해 준 수십억 원의 돈을 상환하라 요구할 수 있고, 예상 못하고 대비하지 못한 때의 요구는 파산으로 이어집니다.

수년 전 미국에서 내가 당한 그 고통을 난 잊지 못합니다. 은행의 생리는 돈이 많고 넉넉할 땐 싼 이자로 돈을 쓰라 말하고, 우리가 꼭 필요할 땐 여러 조건을 달아 쉽게 돈을 빌려주지 않습니다.

코로나 이후 수많은 돈을 쏟아부은 재정정책의 안개가 걷히고 실물경제의 타격이 적나라하게 드러나면서 대량 실직이 일어날 겁니다. 어떤 이는 세계공황을 능가할지 모른다고 겁을 줍니다. 우리가 알 수 없는 공포는 그뿐이 아닙니다.

아침에 갑자기 의식을 잃은 채 발견된 가족이 있고, 자가호흡이 불가능한, 말도 안 되는 상황이 벌어지고, 중환자실에 들어갈 수도 있습니다. 천문학적 병원비의 공포가 몰려옵니다.

기억을 잃고 치매에 걸린 부모의 장기돌봄에 만신창이가 된 가족 구성원의 삶은 또 어떨까요. 부모를 요양병원에 집어넣을 때의 죄책감 뒤에 따라오는 간병 비용을 비롯한 경제적 부담은 또 우릴 공포에 떨게 합니다.

늑대들의 공격에서 살아남을 길을 찾습니다.

이런 삶의 늑대를 요리하는 첫 스텝은 불행을 받아들이는 것에서 시작합니다. 삶에의 우여곡절은 많은 순간에 심한 화상 흉터를 남길 테지만, 그것을 요리해서 먹어 치우든 옆에 놓고 함께 데리고 살든 해야 합니다.

최선을 다하고 최대한 잊어버려야 다음 삶이 매몰되지 않고 굴러갑니다.

나가서 드라이브를 하든, 숨이 차도록 뛰든, 고막이 터지게 음악을 틀든지 하면서 갑자기 들이닥치는 불안은 해소해야 합니다. 그리고 평상시엔 발밑의 땅을 느끼고, 정원이나 산책을 통해 몸을 움직이고, 하루하루를 무심히 살아가야 합니다. 그러면서 작은 아름다움에 집중합니다.

마음을 위로할 음악, 와인 한잔, 맛있는 음식, 아름다운 석양, 다정한 대화 등 지금 내 손에 가진 것들의 좋은 점에 집중하는 것만이 배고픈 늑대를 처리하는 유일한 방법입니다.

갑자기 닥친 경제적 곤란, 질병을 해결하기엔 벅차지만 우리의 삶을 호시탐탐 노리는 늑대의 공격에 잡아먹히지 않는 법만은 알아야 합니다.

자발적으로 혼자 있는 시간을 갖고 부정적 생각으로부터 멀어지는 것입니다. 아무리 상황이 안 좋아도 우아함과 현명함을, 삶의 품위를, 잃지 않는 것이 중요합니다.

때로는 순례길이든 올레길이든 마음과 연결된 길을 걸어보는 것도 방법입니다. 늑대가 주는 공포를 이길 힘을 얻을 수 있습니다.

새로운 삶을 만들기 위해 우물을 길어 올릴 준비를 하다가 어느새 삶의 우물이 완전히 말랐다는 사실을 발견하기도 합니다. 이때가 늑대들의 공격이 시작되는 시점이고 그것들은 날카로운 이빨을 드러내며 무서운 기세로 달려듭니다.

금전적인 곤란이든 가정사의 문제든 늑대들은 파산이나 이혼의 모습으로 달려들어 경제적 궁핍함 속으로 우리를 한 방에 집어넣습니다.

손쓸 도리가 없습니다. 이렇게 더 이상 인생이 작동되지 않는 구획에서 어떻게 탈출할지, 물어뜯는 늑대를 잡아 요리할 수 있을지 알기는 어렵습니다. 하지만 일상의 소소한 기쁨과 평상심의 유지는 분명 의미 있는 해결 방법의 하나입니다.

죽을 것 같은 불행도 어느 순간 잊히며 치유되기도 하지만 심한 흉터를 남깁니다. 더구나 젊음이 소진됐다고 느끼는 순간 다가온 늑대는 인생이 끝났다는 절망감을 주기에 충분합니다.

죽음을 무서워하는 건 그 자체보다는 가질 수 있는 내일이 없다는 것입니다.

곧 죽을 사람으로 간주하지 말라고 노인들과 병실 속 사람들은 외칩니다. 그들에게 의미 있는 죽음을 이야기한들 아무런 힘이 되지 않습니다.

삶의 도처에 숨어 씩씩거리며 공격할 때를 기다리는 늑대의 소리를 들으면서도 피할 방법이 없는 것에서 오는 무력감은 때때로 우리에게 분노를 일으키고 감정의 기복을 흔들고 만성피로와 우울감을 호소하게 합니다.

마음이 휴식을 취하지 못해 아프면 몸에 병이 옵니다.

자발적으로 혼자 있는 시간을 갖고 부정적인 절망감으로부터 빠져나올 방법을 찾아야 합니다.

예정에 없던 드라이브를 끝내고 집으로 돌아와서 따뜻한 빵한 쪽, 싱싱한 토마토 몇 개, 와인 한잔으로 오늘의 늑대를 요리합니다.

"미소를 잊지 마라. 모든 이에게 고개 숙여 인사해라.

고귀함을 갈망해라. 소소한 기쁨을 만들어라. 언제나 칼자루를 쥐고 있어라.

정중하게 고개 숙여 인사하는 모습은 아름다운 사람으로 인식되고 성공으로 가는 지름길이다.

여기가 한계라고 생각될 때, 한 걸음만 더 내딛어라.

인연이 끝난 사람과는 다시 만나지 말라.

행운의 여신이 널 잊지 않게 항상 노력해라…"

— 윤태진

아들에게 주는 따뜻한 위로의 말을 쓴 의사 선생의 말이 바로 내 늑대요리의 기본재료입니다.

심하게 덜컹거리는
인생의 전환기

플드리 허드슨이라는 발달심리학자가 성인기를 분류했습니다.

20대(인생을 실험한다), 30대(성공과 출세를 준비한다),

40대(자신의 내면을 챙기기 시작한다), 50대(중년기와 화해한다)

60대(삶의 우선순위를 재조정한다), 70대(잃은 것도 많지만 얻은 것도 많다)

80대(가만히 앉아서 죽음을 기다리진 않는다)

우리 모두는 미처 의식하기도 전에 허둥지둥 성인의 삶으로 진입합니다.

그러면서 매 순간마다 혼란과 방황을 경험합니다. 나이가 들고 실수와 철없음이 용납되는 사회적 유예기인 청춘마저 사라지면 심하게 덜컹거리는 인생의 변곡점 위에 서야 합니다. 실수가 용납되지 않는 나이에 접어들면 작은 자극에도 극심한 스트레스를 받고 조바심에 힘들어합니다.

그리고 생각하지요. 언제쯤 경제적 기반을 이루고 찬란해질까, 언제쯤 내 삶을 살 수 있을까, 나는 과연 경제적 자유를 누릴 수 있을까….

FOMO - fear of missing out. 요즘 유행하는 이 말은 나만 뒤처져 벼락거지가 되는 건 아닐까 하는 극심한 두려움을 담고 있습니다.

온전히 살아있는 삶으로 들어가는 입장권인 일 속에서 생계를 유지하고 살면서, 자유를 꿈꾸지만 타인이 나를 위해 일하거나 자는 동안에도 부를 불려주는 인터넷 사업이 아닌 한 죽을 때까지 일을 놓을 수 없습니다. 주식이나 가상화폐시장이 노동의 가치를 뭉개버렸습니다.

우리들 대부분은 생계를 유지하는 일 때문에 자유를 포기합니다.

생생하게 살아 펄떡일 수 있는 자유로운 일이란 저 멀리 떠 있는 신기루입니다. 도구나 요즘은 노동이나 일의 가치가 그 존재성을 의심받고 있습니다.

우리 세대에선 독립적인 삶을 살기 위한 유일한 입장권이 일, 직업이었습니다.

그런데 시대가 바뀌고 디지털과 인공지능 세상이 되면서, 가상화폐 세상에서 벌어지고 있는 게임 같은 돈의 이동은 도저히 설명이 불가능합니다.

한 달 사이에 수억 원을 번다 하고, 일론 머스크라는 테슬라 사장의 한마디 때문에 가치를 알 수 없는 도지코인에 돈의 광풍이 붑니다. 그리고는 중국이 코인의 결제를 인정하지 않겠다고 하니 7만 불을 넘던 디지털 금 비트코인이 3만 불대로 폭락하니다. 그 속에 너도 나도 들어가 희비를 경험하면서 왜 일을 해야 하는지를 비웃습니다.

돈을 잃은 자는 엄청난 삶의 덜컹거림에 한강 자살을 말하고 있고, 돈을 벌었다고 자랑하는 사람은 일하는 사람들을 깔보고 있습니다. 판교 등 테크노기업이 몰려 있는 시장에서 개발자들은 부르는 게 값인 몸값으로 모셔가는 이질적인 세상을 우리는 살고 있습니다.

모두 다 컴퓨터, 스마트폰 화면에 몰입할 뿐 신체적 고단함을 감내해야 하는 일, 노동의 가치를 멸시합니다.

삶의 단계별 발달이론을 이해하다가도 현실의 광풍 앞에선 심한 괴리를 느낍니다. 덜컹거리는 삶의 가장 큰 요인이 경제적인 돈의 문제이기에 그것으로 모두가 달려가는 현실을 개탄만 하다간 벼락 거지가 되는 건 일순간이라는 불안감으로 삶이 극심하게 요동칩니다.

요즘은 유튜브 속의 군인들 이야기에 빠졌습니다. 코인이나 주식과는 다른 세상입니다. 인간이 갖는 용감함과 현실적 장애물의 극복에 대한 스토리텔링이어서 그들에게 빠진 듯합니다.

UDT 군인들. 강철부대라는 프로그램 속 젊은 그들의 강인함이 덜컹거리는 일상 속의 완충제가 되고 있습니다.

이○○ 대위의 남자다움, 미국의 네이비실이 얼마나 대단한 부대인지를 소문으로 들었기에 더욱 섹시하게 다가왔습니다. 강철부대의 육○○이라는 부사관은 26세라는 어린 나이에 어쩜 그리도 조용한 카리스마를 가지고 있는지 놀라울 지경입니다. 그들의 실제 모습은 모릅니다. 비록 미디어가 만들어낸 모습일지언정 덜컹거리고 힘든 삶을 살아가는 용기가 필요한 시기에 힘을 주고 있습니다.

저 어린 친구도 징징거리지 않고 삶을 이어가고 있는데 내 나이에 작은 스트레스에도 폭발해 버리다니 하는 반성을 하게 합니다.

그리고 어린 시절의 군인들에 대한 판타지에 불을 붙이고 사탕처럼 달콤한 추억 속으로 끌고 들어가서 우울함을 잊게 합니다.

100세 시대. 수명은 길어지고 지금의 장년기들은 한 번도 가보지 않은 미지의 영토인 장수 시대의 첫 줄에 서서 막막함과 두려움을 느끼고 있습니다.

청춘들의 두려움 그 이상의 고민인 건강, 질병, 돈으로부터의 자유, 황혼 이혼 등 그 모든 리스크들이 가보지 않은 수명연장의 땅 위에 놓여있습니다.

그들을 겁먹게 하는 것은 청춘기의 아름답던 꿈도 바닥이 났고, 새로운 꿈을 품기엔 기력도 소진한 시기가 다가온 현실입니다. 전혀 연습되지 않고 방향도 없는 새로운 노년의 긴 영토 앞에서 길을 잃을까 잔뜩 겁에 질려있습니다.

누군가는 작고 소소한 행복인 소확행으로 살라 하고, 나누는 삶으로 가라 하기도 합니다. 산다는 것은 자기 자신을 지속적으로 창조하는 일 속에 있어야 하는데 창조의 여력은 고갈되고 늙

음과 질병만 찾아오는 영토로 홀로 들어갑니다.

누구도 가본 적이 없는 장수 시대의 두려움입니다. 젊음은 가진 게 없어서 삶에 표류되도 청춘이라는 힘으로 헤쳐 나오지만, 이들에게는 삶이 표류되면 헤어 나올 기력이 없습니다. 그대로 물속으로 익사할 뿐입니다.

그러면서 스스로 가난을 선택하는 청빈의 삶을 닮길 원하며, 무거운 짐을 걷어낸 단순한 삶을 원한다며, 자신을 다독이며 걷습니다.

'더 단순하고 더 간소하게'라며 여백과 공간이 있는 곳에서 삶의 아름다움을 깨우치려 애씁니다. 그게 일로부터 강제 은퇴를 당한 후 산을 찾는 장년들의 심정입니다.

심하게 덜컹거리는 인생의 전환기에 서서 느끼는 불안감은 청춘이든 장년이든 경중의 차이는 없을 겁니다. 그러나 추구하고 위로받는 성공의 양과 자족의 색깔은 달라도 지금보단 평안하길, 행복하길 바라는 것은 같습니다.

삶의 오르막을 오르는 청년기가 느끼는 뻐근한 삶의 저항이, 내리막을 걷는 장년들에게는 다리에 힘이 빠져 한 번에 굴러 떨어질 수 있다는 공포로 다가옵니다.

열심히 노력하는 것만으로는 행복과 성공을 보장받기 힘들다는 사실을 몸으로 배운 나이입니다. 자기가 짊어진 불필요한 짐들을 버리고, 자기 쇄신을 위한 근력을 키운 후 새로운 인생 설계를 짜는 게 필요한 시기입니다.

덜컹거리는 심한 흔들림의 시기일수록 미래를 예상하고 선순환의 삶을 살 수 있는 계획과 자기개혁이 필요합니다. 장년기의 나이엔 가만히 앉아 심리적 죽음을 자초하면 진짜 죽게 됩니다.

많은 순간, 우린 무지의 문제가 아니라 과다한 지식의 문제로 걸려 넘어집니다.

인생 배낭을 새로 꾸릴 때는 머릿속도 헤집어 잡다한 지식과 생각을 버려야 하는 이유입니다. 더 단순하게, 간단하게 해야 하는 건 집의 가구뿐 아니라 생각의 문제도 마찬가지입니다.

힘든 시간 속에서 인생의 발전 단계마다 만나는 심한 덜컹거림은 불안과 근심을 유발하지만 피할 수 없는 과정입니다.

삶의 전환점에 밀려오는 불안의 의미를 살피고 새로운 의지력으로 군인들처럼 용감하게 일어서는 것이 우리들 삶의 발달과제에 대한 답입니다.

삶의 프레임에 갇힌 존재들

"웬 오토바이니?"

"지난 3년을 이혼소송에 시달리면서 인생의 바닥을 찍었어요. 나 자신에 대한 보상이라고 봐주세요."

Y의 말에 동의를 했습니다. 그리도 하고 싶어 하던 식당을 대학촌 앞에 열면서 훨씬 자신감이 생긴 듯 활기 넘친 게 보기 좋았습니다. 개업 축하 겸 가서 음식을 주문하고 앉은 식당은 꽤 잘되는 듯했습니다. 문을 프렌치 도어처럼 열게 해서 개방감이 있고 젊은 학생들이 많아 좋았습니다.

"힘들지 않니? 호텔 일 하랴, 오후엔 식당하랴… 거기에 오토바이까지 타?"

"내가 원해서 하는 일이에요. 항상 돈 버는 능력이 없다고 비교당하며 산, 결혼생활에 종지부를 찍으니 숨을 쉴 것 같아요. 산다는 게 별것 없는데… 삶의 프레임에 갇힌 채 답답하고 불행하게 살기엔 인생이 너무 불쌍했어요. 생전 책이라고 모르던 내가 영풍문고를 수개월 드나들며 책을 읽고 삶을 생각했어요. 날

옭아매는 것으로부터 자유롭고 싶었어요. 언제나 갑인 애들 엄마와 그쪽 식구들로부터 정작 내 삶이 없었어요. 실패할까 전전긍긍하던 일들도 더 늦기 전에 하고 싶었구요."

애들과 아내에 맞춰 살기에 숨이 막혔던 모양입니다. 아내에게 이혼을 당하며 스스로 바닥에서부터 자신의 삶을 찾아가면서 일반적인 사회적 통념 속에 자신을 가두고 싶지 않다고 했습니다.

"애들을 애엄마에게 보내고 살고 싶진 않았어요. 애들과의 생활이 쉽진 않지만 그래도 의지가 되요. 저축된 돈도, 연금도 없지만 내 삶을 살면서 괜찮을 것 같아요. 처음엔 이혼이 너무나 힘들고 괴로워서 세상이 무너지는 듯했어요. 그리고 책을 읽으며 깨달았죠. 억지로 행복하지 않은 삶에 매여 있어서 불행했으니 혼자도 괜찮다고…."

우리 모두는 각자의 프레임 안에서 삶을 이어갑니다. 그러면서 애들을 키우고 나이를 먹습니다. 나 또한 겉으로 보기엔 성공했지만 자발적인 자신의 길을 새로 만들기엔 두려운 나이입니다. 장년기는 오래된 일상적인 삶의 프레임에 갇혀 옴짝달싹 못하는 인생의 정체기입니다.

삶이란 원을 그리고 순환하며 오르막과 내리막을 반복하며 덜컹거립니다. 절정과 바닥을 오가고, 행복과 불행, 성공과 실패의 반복적 써클 속에서 마침내 사회적 안전장치와 보호막조차 사라지는 삶의 후반기에 접어듭니다.

그러면 오직 다음 세대를 위한 보호막이 되어야 하고, 앞으로 전진하는 뚫린 세대가 아니라 퇴로가 막힌 삶의 프레임에 갇힌 내리막의 나이가 됩니다.

삶의 프레임에 완전히 갇힌 나이가 되면, 문제는 더욱 복잡해지고 출구가 보이지 않습니다. 미래를 계획하고 성공시킬 가능성도 희박한 나이가 됩니다.

이혼이든, 노화든, 사고든, 우리들 삶이 완전히 갇혔다고 느끼는 순간의 좌절감과 두려움을 극복하는 게 생의 발달단계의 과제가 됩니다.

노후가 두려워 가입한 보험과 연금들을 탈 나이가 되고 그 넉넉한 돈으로 경제적인 문제가 해결된다 해도, 이들 황금수갑이 채워지는 순간 우리의 삶은 그 프레임 안에서만 움직여야 한다는 걸 깨닫습니다. 매달 정해진 연금 안에서 해외여행은 항공권 이코노미로 바꾸고 혹시 모를 미래에 대비하며 일등석의 편함을 추억으로 남깁니다.

예상 못한 질병이나 황혼이혼이라도 만나면 노후파산은 순식간에 재앙이 됩니다.

그러니 은퇴금이 적든 크든, 정해진 매월의 예산 안에서 움직이고, 절대 그 프레임을 벗어나는 일이 일어나면 안 되는 시간 위에 서 있게 됩니다.

젊고 능력 있는 사람도 직장에서 밀려나기도 합니다.

아침부터 밤까지 일중독이던 사람은 일터를 빠져나오는 순간 마음이 불안하고 의욕이 없어집니다.

경제적으로 안정되어도 여전한 불안감과, 아등바등 살아온 삶에서 겨우 여기까지인가에 대한 회의에 시달립니다.

예상치 못한 삶의 복잡성과 급속한 변화로 곤경에 빠진 우리가 프레임에 갇힌 삶의 모습입니다.

꿈은 소진되고 진부한 일상으로 프레임을 씌우는 삶의 시간 속에 갇힙니다.

입구만 있고 출구가 없는 삶입니다. 가속 페달을 밟으며 앞으로 나아가든지, 반대로 나가겠다는 잘못된 결정의 역류에 휘말리든지 둘 중 하나입니다. 어떤 것으로도 갇혀버린 프레임 밖으로 나오기엔 위험이 너무 큽니다.

외로움과 불안에 준비된 사람은 없습니다. 그곳에서 주저앉거나 길을 잃기 쉽습니다.

새로운 꿈의 탄생을 기다리지만 그것은 위험을 감수할 미친 열정과 값비싼 희생을 요구합니다.

이렇게 이혼이든, 은퇴든, 삶의 전환기에 닥치는 모든 위험은 우리를 당혹감 속으로 몰아갑니다. 프레임에 갇혀서 차라리 누군가 자기 운명을 결정해 주길 바라기도 합니다.

이 고통스러운 전환점에서 우리는 온 힘을 다해 어떻게 해서든 프레임으로부터 벗어날 기회를 찾아야 합니다.

길거리에 버려진 보잘것없는 씨앗 속에도 아름다운 꽃을 피울 잠재력이 있다는 사실을 인지하며 동기부여의 내적 에너지를 소망합니다. 이때는 우리들 삶 전체를 지배하는 열등감이, 불안감이, 우리가 갇힌 프레임을 깨고 나갈 에너지원이 되기도 합니다. 부정적 에너지를 정반대의 힘으로 전환하는 동력은 책방이든, 운동이든, 여행이든가에 미쳐서 프레임 밖에서 안을 보는 눈을 갖게 될 때 얻게 됩니다.

우리들에게 예상치 못한 불행한 삶의 전환점이 닥치면, 잠시 멈춰 서서 이 길을 가고 싶은가, 아니면 방향을 바꿀 것인가를 스스로에게 물어야 합니다.

지금 하고 있는 일을 연장하면서 또 다른 기회를 얻기 위해 노력하는 우호적 전환점도 있고, 교통사고나 이혼처럼 느닷없는 불행이 닥친 때 어쩔 수 없이 변해야 하는 적대적 변곡점도 있습니다. 그리고 끊임없이 자신을 돌아보며 내면의 불만족으로부터 벗어나기 위한 중립적 변환기도 있습니다.

그 어떤 것이든 프레임을 깨고 나오려면 방향을 틀어야 합니다.

이들 전환점이 주는 단 하나의 메세지는 '바꿔라'입니다.

일과 삶은 계속 변하는데 전략을 세워 변하지 않으면 영원히 프레임에 갇힌 존재로 있다 죽어야 합니다.

인생의 마지막 순간에 내 삶이 어떤 모습으로 완성될지를 그려본다면 연금이나 안정적 저금통장의 황금수갑에 안주해서 있을 수는 없습니다.

안전감에 중독되면 조그만 변화나 불행에 금방 무너집니다.

질병, 이혼, 파산 등이 안정이라는 이름의 프레임에 갇힌 때 일어나면 더 이상 빠져나갈 용기가 없는 무력감에 빠집니다.

위험을, 모험을, 좋아하는 사람은 별로 없습니다. 그러나 고난이 닥친 때 용기를 선택한 자는 용감하게 자신의 변곡점 위에 올라타서 새로운 길을 찾아 떠날 겁니다. 두려움을 극복하고 안전판에서 발을 떼고 위험하지만 앞으로 나아가는 용기를 가진 자만이 프레임 밖으로 나와 자유로운 삶으로 나아가는 영웅이 됩니다.

용감한 게 아니라 용기를 선택한 자만이 그럴 수 있습니다.

엄청난 변화의 속도 앞에서 나이가 들수록 우린 과거에 대해선 방어적으로, 다가올 미래에 대해선 저항함으로써 지금을 지키려 합니다.

삶의 전환기에 변화라는 것은 새로운 방식으로 적응할 것을 요구하는 또 하나의 위기입니다. 이런 위기가 일상 속에 상존하고 있는데 우리 모두는 익숙한 프레임을 깨고 나오길 두려워합니다.

안전함에 적응된 죄수처럼 프레임 안쪽에서 오히려 편안함을 느끼면서도, 밖을 보면서 끊임없이 위험한 그곳으로 가고 싶은 죄수의 딜레마 속에 우리의 삶이 있습니다. 삶의 프레임에 갇힌 존재들입니다.

우리의 의지와는 상관없이, 변화는 강물처럼 자신들만의 질서를 갖고 찾아와서 우리에게 변화될 것을 요구합니다.

이 변화의 물결을 타는 법을 배우는 것이 프레임에서 빠져나 갈 수 있는 유일한 방법이고, 시대적 요구입니다.

위험에 대한 불안감

오늘은 산책 중 멋진 건물 하나를 찾았습니다. 용산도서관 언덕길 초입의 흰색건물인데 LAGUNA라는 건물 이름 앞에 한동안 서 있었습니다. 오랫동안 살았던 미국 오렌지카운티 라구나비치와 갤러리, 멋진 식당들의 추억 때문이었습니다.

불안하고 우울할 때 차를 몰고 나가면 만나는 PCH 옆의 바닷가, 크게 틀어놓은 음악, 컨버터블 차의 뚜껑을 열고 달릴 때의 상쾌함 등이 불안을 날려버리곤 했습니다.

캘리포니아는 집만 나서면 아름다운 해변 길인데 우리의 서울은 곳곳에 아름다운 숲길이 산을 따라 동네마다 정말 아름답게 조성되어 있습니다. 남산길은 경사가 심해 자칫 넘어질 수 있는 단점은 있어도 거대도시 한복판에 이런 숲길이 있다는 건 참으로 다행입니다. 남산의 숲길과 멋진 건물이 잠시 마음에 위안을 건넵니다.

나이가 들면서 불안함은 이유도 없이 다가오고 그것과 함께 살아야 하는 게 운명처럼 되었습니다.

코로나 블루라는 세션에서 연사로 나선 서울대 정신과 선생님의 처방이, 학회 점심시간에 남산길을 오르는 머릿속을 채웠습니다.

"코로나가 장기화되면서 많은 분들이 우울증으로 정신과를 찾습니다. 미국 정신의학회의 권고인 SPEAK: SCHEDULE, PLEASURE, EXERCISE, ASSERTIVE, KIND만 기억하시기 바랍니다. 시간을 스케줄하고, 기쁜 곳을 찾고, 운동을 하며 몸을 움직이고, 적극적으로 참여하고, 자신과 타인에게 친절할 것을 권고합니다."

우울하고 불안할 때의 처방전입니다.

무엇을 하든 우리들 내부에 도사린 위험에 대한 불안감으로부터 자유로울 수는 없습니다. 태어나는 순간부터 위험은 존재했고 그것이 생존의 강력한 에너지가 됩니다. 늑대를 요리하듯 위험에 대한 불안감과 두려움을 처리할 능력이 우리의 삶을 앞으로 나아가게 합니다. 동물들의 위험 감지에 대한 본능. 불안함으로 표출되는 이것은 우릴 위험 상황으로부터 보호하는 역할도 합니다.

새로운 것을 추구하고, 환경에 적응하면서, 느끼는 말할 수 없는 불안감은 종종 우리의 발목을 잡지만 그것을 이겨야 행복이든 성공이든 쟁취할 수 있습니다.

평온한 삶을 깨고 싶지 않아서, 마주할 위험이 두려워서, 자신을 위한 개혁과 발전을 위한 노력을 멈춘 때 진짜 늙음과 질병, 죽음이 다가옵니다.

배는 강을 건너라고 있습니다.

엄마의 자궁 밖을 나서는 순간 위험을 무릅쓰고 앞으로 나아가라는 게 존재 의미입니다. 태풍이 무서워 안전한 항구에 정박해 있는 게 배의 존재 이유가 아니듯 안온함 속에만 있는 게 삶의 의미가 아니기 때문입니다.

우리를 두려움에 떨게 하는 위험에 대한 불안감을 극복할 방법을 찾아 용기를 내야 하는 것은 투자, 결혼, 사업, 노후, 질병 등 삶의 모든 것에 필요합니다.

'위험은 자기 자신이 무엇을 할지 모르는 데서 온다.' 투자 구루인 워렌 버핏의 말입니다.

위험을 과학적으로 해석한다면 좀 더 현실적으로 우리들 삶의 불안감을 줄일 수 있을 겁니다.

젊은이들은 미래에 무엇을 할지 몰라서, 노인들은 지나간 과거의 영광이나 잃어버린 기회에 대한 후회에 발목이 잡혀 불안합니다.

위험은 앞날에 벌어질 결과를 모른다는 것에 대한 불안이고, 이것은 예측 가능성을 높일 때 감소되고 우리의 불안도 줄어듭니다. 일을 벌이고 추진할 때 주의해야 할 인적, 경제적, 사회적 요인들에 대한 분석과 위험을 만드는 불확실한 요인을 생각합니다. 결과에 영향을 미치는 것에 대한 대책을 통해 위험을 관리할 수 있습니다.

하지만 질병이나 실패는 블랙스완처럼 닥치고, 쓰나미처럼 우리 삶의 안전감을 순식간에 쓸어가 버립니다. 이들 같은 도저히 예측 불가능한 위험들을 처리하는 방법은 용기밖엔 없습니다.

용기란 위험처럼 원래부터 어딘가 있다가 불쑥 찾아오는 게 아니라 매 순간 우리가 선택하는 것입니다. 배를 몰고 폭풍우 치는 바다로 나아갈 용기, 위험 상황에 기꺼이 들어가 정면 돌파하겠다는 의지 같은 것을 말합니다.

그 속에서 불확실한 요인과 결과를 좌우하는 것들을 어찌하면 줄일지를 판단하는 겁니다. 그러면서 얻어지는 예측 가능성을 키우는 것이 위험 속을 살아가는 방법입니다.

젊은이들은 결혼을 앞두고 불안감을 호소합니다. 나이 든 이들에게는 은퇴를 앞두고 일어나는 공포는 위험의 극단적 신호입니다.

잘한 선택인지, 결혼에 내 인생의 자유가 발목 잡힌 건 아닌지… 불확실성 속 위험이 불안감을 유발합니다. 되도록 많은 결혼에 대한 정보와 조언을 구하려 하지만 부족한 건 결혼이나 은퇴에 대한 정보가 아니라 용기일 뿐입니다.

온갖 정보로 선택적으로 위험을 피하겠다는 것은 기만적 자기방어일 수 있습니다. 결혼이든 은퇴든, 투자든, 시행착오를 겪으며 위험관리 능력을 꾸준히 개발하는 것이 앞으로 전진하는 우리들 삶의 조건입니다.

보이는 것을 그대로 믿지 말 것. 겉으론 실패한 것처럼 보이는 상황에서도 보이는 것 이상을 볼 것. 이것은 사업, 인간관계 등 모든 것에서 고려되어야 할 상황입니다.

원하는 것들로부터 거절당하는 수많은 경험.

거절과 실패에서 자유로운 사람은 없습니다.

그 위험을 감수하며 앞으로 나아가는 사람은 그 실패와 거절 속에 잠재된 동기부여를 휘어잡은 용기 있는 사람뿐입니다.

거절과 실패가 품은 적대적 전환점이 가진 엄청난 동기부여의 추진력을 찾는 것입니다.

주저앉을 건가, 앞으로 나아갈 건가는 온전히 개인의 선택입니다.

절망 속을 헤매다 비참해지던지, 이를 악물고 헤어 나와 새로운 희망의 길로 가던지는 온전한 용기의 문제입니다. 진짜 실패는 위험에 노출되고 그 두려움에 질려 더 이상 노력하지 않는 것입니다.

실패 속에 담긴 엄청난 성공 폭발력을 가진 동기부여를 놓쳐 버리고 포기하는 것. 그때 진짜 실패가 찾아옵니다.

모두를 경쟁상대로 삼고, 힘들이지 않고 성공하려는 시대적 풍조 속에서 실패나 이혼을 도덕적 오점으로 취급합니다.

말하지 않고는 도저히 느낄 수 없는 것도 있어서 그 마음 때문에 글을 씁니다.

모두들 내 탓보다는 네 탓을 찾는 풍조 앞에서 삶에 대한 위험은 더 커져 갑니다.

'네 탓이 아니야'라는 말을 듣기 힘들어진 세태 속에서는 잘못된 자기방어 기능이 용기를 잃게 합니다. 방어하지 않으면 내가 당하니까요. 그러니 내 탓이 아니길 바라는 폭탄 돌리기를 합니다. NOT IN MY BACK YARD!!

그럼에도 불구하고 위험을 감수하고라도 앞으로 나아가야 할 때 이겨내야 할 대상은 나. 과거의 나 자신입니다.

삶의 매 순간이 크던 작든 불확실성이라는 위험을 내포하고 있습니다. 그래서 불안합니다.

두려움을 달래가며 내가 아는 삶에 대해 기록하는 것도 위험을 대할 용기와 합리적 예측 가능성을 얻기 위한 수단입니다. 매 순간 알지 못하는 불확실성의 위험에 대처할 용기를 기르기 위해서입니다.

남산의 산책길에서 많은 생각을 하는 날입니다.

내게 즐거움을 선사할 장소와 물건, 사람은 어딜까, 누굴까를 고민합니다.

존재한다는 것은 변화한다는 것

세계 여행을 나섰다가 그만 공항에서 환승해야 할 비행기를 놓친 때의 느낌이 딱 지금입니다.

디지털화의 급속한 변화 속에서 인공지능의 시대가 도래했건만 이런 변화의 물결을 타지 못한 채 도태되고 익사하는 느낌입니다.

"QR 코드 찍고 들어가세요."

네이버에 받아두고 쓰던 것이 갑자기 없어지는 바람에 가벼운 마음으로 들른 동네호텔 입구에서 입장이 늦어졌습니다. 저 멀리서 인사를 하며 직원이 달려왔습니다.

"이리 오세요. 제가 카카오톡으로 다시 받아드릴게요. 자리에 가 계세요."

혼자 큐알 코드도 받지 못해서 도움을 받다니….

어쩔 수 없는 노인이 되어버린 듯했지만 친절한 젊은 직원들로 인해 마음이 다치진 않았습니다.

"항상 드시는 것하고 머스카토 와인 준비해 드리면 되죠? 잡지 갖다 드리겠습니다."

테이블에 앉아 많은 생각이 들었습니다. 디지털 세상에 뒤처진 세대. 젊은이들과 직원들의 친절에 의존해야 자존감의 손상을 막을 수 있는 현실에 당혹스러웠습니다.

이런 일을 내 나라가 아니라 외국에 나가서 겪었다면 여지없이 입장 거부였을 겁니다.

은퇴하면 세계 여행을 하며 살겠다고 떠들던 내 현주소입니다.

디지털 세상에서의 소통에 뒤처진 상태로 나갔을 때 도와주는 이 없고, 친절함이 없는 곳일 때 과연 생각대로의 즐거운 여행이 될 수 있을까….

우버 택시를 스마트폰으로 부르는 방법을 모르고, 카 렌트도 전부 인터넷으로 예약해야 하는데… 갑자기 끔찍해졌습니다.

이젠 디지털의 변화에 몸을 싣지 않으면 존재할 수 없는 시대가 되었습니다. 적자생존, 자연도태라는 다윈의 이론이 떠오릅니다.

변화는 디지털 시대만이 아닙니다.

나이와 함께 체형도 변해서, 튀어나온 배는 이전의 모든 옷들을 거부합니다.

얼굴은 미소를 잃고 무표정한 노년의 얼굴로 변해갑니다.

정서적 관심은 필연적 죽음에 대한 자각과 죽음의 공포로부터 평안함을 줄 철학에 꽂힙니다.

젊은 시절 내걸었던 꿈은 이미 산산이 무너지고, 이루지 못한 능력 부족은 젊음에 대한 자기 비하와 열등감으로 이어집니다.

젊은 게 자기 선택이 아니듯 나이 듦도 내가 선택한 게 아닌데 억울함을 느낍니다.

목표는 부자인데 시간은 가난뱅이입니다.

아직 가지 않은 길이 보이는데 시간은 얼마 남지 않았다는 초조함이 엄습합니다.

이 모든 게 나이가 들어가는 사람들의 심정입니다.

삶의 한 시기를 버리고 새로운 여행을 떠나야 할 시기지만 선뜻 용기가 나지 않습니다. 현대적 기기들에 대한 공포는 또 다른 문제입니다.

사람은 없고 키오스크가 주문을 대신하는 상점에서 필수품을 살 수 없다면, 여권을 들고 기계 앞에 서서 통과를 기다려야 한다면, 하는 두려움이 여행의 발목을 잡습니다.

존재한다는 것은 익숙한 것을 버리고 시대의 요구에 따라 끊임없이 변화해야 하는 것입니다. 생각, 태도, 관점을 모두 바꿔야 하는 변화의 꼭짓점 위에 있습니다.

젊음은 낭만적이며 아름답고, 노년은 추하며 죽음을 준비하는 것으로 이분화된 사고를 버리고 변화에 순응해야 합니다.

내 선조로 온 모든 인간들이 사라졌고, 한때는 젊었지만 지금은 나이 든 내가 가야 하는 생입니다. 누구도 피해가지 못할 노년의 삶입니다. 비록 육체는 추해지고 약해지지만, 내적 자각은 깊어지고 향기로운 아우라로 남을 수 있다는 희망에 살고 있습니다.

현재를 사는 젊은이들의 생각을 이해하고 그들의 불안과 야망, 때로는 버릇없는 태도를 이해하는 쪽으로 변화해야 내 존재의 가치를 인정받을 수 있습니다.

우리 시대의 덕목이던 근면과 성실은 이미 박제된 교훈일 뿐입니다.

부지런함과 인내를 그들에게 강요하지 말고, 그들 삶의 독립성을 인정해야 그들도 날 돌아보며 내 존재를 인정할 것입니다.

비록 해안에서 밀려나는 파도가 된 인생이지만 변화에 부딪쳐 살아남아 다시 일어나는 파도를 만들고 그 위에 젊은이들의 서핑을 타게 할 존재가 된다면 좋겠습니다. 성공과 출세를 준비하는 젊은 그들이 겪을 고민에 한 줄기 파도타기의 희망이 되는 존재로의 변화는 멋진 노년으로 가는 길이 될 것입니다.

비록 이제 나의 삶은 얼굴을 바꿔 열정을 의무라 부르고, 내가 그렇게 원하던 일을 의무감으로 해야 하는 것으로 바뀌었지만 기꺼이 그 변화를 받아들여야 합니다.

'변화한다는 것은 성숙한다는 것이고, 성숙한다는 것은 끊임없이 자기 자신을 창조하는 것'이라는 앙리 베르송의 말에 동의를 보냅니다.

내가 지나온 길 위에 서서 헤매는 청춘들.

그들은 성인으로서의 자기 정체성 자각에 목이 마릅니다. 직업과 성공으로 규정지어지는 세상과 마주하며 우울과 외로움 속으로 빠져들고 있습니다. 나도 그랬습니다.

나이가 들고 성공과 출세의 시간이라고 규정지은 삶의 발달과정 시점에 도달했는데 아무 일도 일어나지 않은 삶에 대해 탄식합니다.

서른 살, 마흔 살의 아침이 밝았는데 왜 나는 여전히 어둠 속인가…를 말하며 절망합니다. 그들 또한 변화해야 할 시점을 놓친 것입니다. 나처럼.

서른, 마흔의 삶에서 변화에 충실하게 적응할 시간과 노력을 놓치고, 열 살의 생일을 세 번, 네 번 맞이한 것뿐입니다.

변화되지 못한, 준비가 안 된 삶. 처음 출발 땐 이런 건 아니었을 겁니다. 가만히 앉아 성년기로 들어서고 발달과정의 숙제를 미룬 탓으로 성공은 저 멀리에 있습니다.

남은 게 뭔지 삶의 재고조사를 해야 하는 건 지금의 나나 그들이나 다르지 않습니다. 비록 그들은 아직 청춘의 열정이라 불리고, 내겐 나이 든 자의 의무라고 불리지만, 여전히 변화해야 하는 건 같습니다.

소중한 비전을 가진 자만이 나이에 상관없이 인생의 정점을, 새로운 파도를 만들고, 그 정점의 파도 위에서 신나게 내려올 수 있습니다. 새롭고 소중한 시도를 통해 모험에 몸을 던지는 변화가 요구되는 시간입니다.

젊음에 대한 열등감과 이젠 늙었다는 심리적 죽음으로부터 빠져나와야 할 시점입니다.

　다시 한번 과거를 존중하고, 현재를 살며 변화에 몸을 던지고, 미래에 대한 기대를 버리지 말 것을 다짐합니다.

여행을 떠나야 할 순간

지속적인 공허감, 소외감을 느끼는 지금이 아마 새로운 삶을 위한 여행을 떠날 시간인 듯합니다.

"내셔널 지오그래픽과 트래블 잡지만 봐도 숨통이 트이나요? 아스트라제네카와 화이자 백신으로 겨우 접종을 끝냈는데, 2주 지나면 자가격리 면제라니 보스턴이라도 갔다 와야겠어요."

"정말 부럽습니다. 떠날 수 있다니… 미국은 이제 거의 정상적인 일상으로 돌아갔다는데 우린 아직이군요. 이 더운 여름에 마스크조차 벗지 못하고 있는데 델타 변이에 의한 4차 대유행이랍니다. 백신 프로파간다인지 진짜인지 헷갈릴 지경입니다. 장기간의 사회적 격리로 오는 공허와 소외감을 해결할 방법이 없군요. 물리적으론 떠날 수 없지만 머리로 하는 여행은 가능하니 드라이브를 하며 난 여기를 떠나볼까 합니다. 나를 가두는 많은 것들에게서 좀 자유롭고 싶어요. 나이, 은퇴, 경제적 자유, 질병에 대한 공포, 자식 리스크 등등… 창문 밖으로 내던져 버릴 것들이 너무 많아요."

"그러세요. 난 이번엔 보스턴에서 기차를 타고 뉴욕까지 갈 겁니다. 바로 옆 동네 뉴저지에는 깨끗하게 단장된 코리아타운도 있다 하니 거기 들러 회도 먹으려 해요."

"그 연세에 가고 싶은 곳, 먹고 싶은 게 많아서 좋겠어요. 난 머리를 비우는 게 첫째인데… 생각이 너무 많은 게 제 업보이며 불행 같아요. 잘 갔다 오세요. 난 삶의 여행을 진행 중일 테고 너저분한 많은 생각들 속에서 힘들 거예요."

코비드로 인해 삶의 많은 것들의 가치가 무너지고 새로운 질서를 가진 시대가 뉴노멀이라는 이름으로 다가오면서 존재의 기반이 흔들리는 엄청난 불안을 겪고 있습니다.

물리적 공간을 떠나는 여행도 있고, 새로운 도전을 위해 그동안 몸담았던 일터로부터 떠나는 새로운 것에의 도전도 있습니다.

불투명한 미래에서 오는 공황장애 속으로 밀려가지 않기 위해 내 에고는 필사적으로 안전판의 끈을 놓지 않으려 발버둥 칩니다. 그러나 내가 변화를 요구하는 여행을 떠나지 않으면, 삶이 나를 유랑 속으로 떠밀어버릴 것임을 압니다.

누구나 삶을 여행하면서 시련을 겪습니다.

안전하고 편안함에 길들여지고, 변화와 도전이 두려워지면, 정말 늙게 됩니다.

대접받고, 우대받던 모든 것을 내려놓고 새로운 세상으로 떠나는 여행을 회피하면 지루함과 허무함만 늘어갑니다.

용기를 필요로 하는 여행은 어벤져스들의 영웅적 행위를 요구하는 게 아닙니다.

어떤 일이 닥쳐도, 그게 질병이든 이혼이든 파산이든, 용기 있게 처리할 수 있을 것을 요구합니다. 그 용기는 지금 이곳을 떠나는, 삶의 맨 밑바닥에서 다시 시작할 용기를 의미하지만, 쉽지 않은 일입니다.

나이가 들고 삶에 갇힐 때, 생생한 삶을 원한다면 방랑자로서의 여행길 외에는 답이 없습니다. 끊임없이 변화의 요구에 답하고 열정이 아닌 의무만 있는 것일지언정 컴포트 존을 떠나 우리를 단련시켜야 합니다.

중병을 앓거나, 배우자가 떠나거나, 자녀가 죽거나, 회사파산 등… 상상하기조차 숨이 막히는 거대한 불행의 쓰나미가 닥칠 때, 우리가 무엇을 할 수 있는지, 무엇으로 남고 싶은지, 잔인한 운명은 묻습니다. 그리고 우린 답을 해야 합니다.

삶의 분명한 진리는 단 하나입니다.

'위험 없이는 진정한 삶이 없고, 고통 없이는 깊어질 수 없다.'

언제나 나만의 관점으로 써 내려간 삶의 대본이 내 의식을 지배합니다. 홀로 남겨졌을 때의 불안과 소외를 벗고 삶으로 다시 떠오르는 것. 그것을 위한 여행이 필요합니다.

필사적으로 안전하고 싶어서 발버둥 치는, 현재를 뒤로하고 떠나는 것입니다.

그렇게 여행을 떠난 인생은 쇄빙선처럼 기쁨과 고통을 부셔가며 길을 내고 나아감으로써 목적지에 이르게 합니다.

머물렀던 곳을 떠나는 여행 없인 아무것도 일어나지 않습니다.

우리는 준비되지 않은 채 인생의 오후로 접어듭니다.

아침에 가졌던 인생의 플랜이 오후에 맞을 수 없다는 칼 융의 말에 공감합니다.

인생 오후의 플랜을 위해 여행을 하며 생각을 정리하고, 삶을 단순화하며, 미래를 이끌어 줄 디딤돌을 찾습니다.

나이가 들어도 그냥 늙어가는 게 아니라 더 현명하게 나이 들어야 합니다.

친밀한 유대감, 새로운 우정, 일터에서의 리더 역할, 새롭고 즐거운 여가에 대한 시간과 용기의 투자 플랜을 짭니다.

삶을 느긋하게, 즐겁게, 유머 감각을 갖고 늙어가고 싶다는 바람을 위해 무얼 준비해야 하는지 여행 속에서 찾아내야 합니다.

삶의 매 순간의 변화에 응답하면서 조금씩 자신을 변화시키면서 아주 조금씩 다른 사람이 되어가는 것… 이것이 내 삶의 여행이 주는 답입니다.

매일 들여다보는 거울은 내게 우호적이 아닙니다.

얼굴엔 주름이 패이고, 피부색은 칙칙합니다. 흰 머리가 늘어가는 볼품없는 모습들입니다. 육체의 쇠락을 아무도 피해 갈 순 없지만 여행을 계속하기 위해서는 화장을 하고 머리를 하는 자기관리를 게을리할 수 없습니다. 책을 읽고, 인터넷을 배워야 생존할 수 있음을 깨닫습니다.

일터를 떠나면 나를 가꾸던 많은 자극들이 소멸합니다.

일에서 오던 아우라도, 타인들의 우호적 환대도, 초대도, 나를 가꾸어야 하는 모든 동기가 소멸되면서 누추한 모습으로 살게 됩니다. 거기가 끝입니다.

다른 삶을 찾기 위한 여행이 필요한 시간입니다.

도전과 용기가 필요하고 바닥에서 다시 시작해야 하지만 그것을 극복하고자 하는 노력이 주는 열정을 얻게 됩니다.

삶의 새로운 도전은 그동안 입었던 갑옷을 벗고 맨몸으로 다시 시작하는 것입니다.

은퇴를 하며 사회의 주류에서 밀려났다는 낭패감과 두려움, 더 이상 젊지 않다는 우울감이 삶의 결격사유는 아닙니다.

삶의 우선순위를 바꾸는 것도 한 방법입니다. 그것을 찾기 위해 여행을 떠나야 할 시간일 뿐입니다. 그런 의미에서 우리들의 은퇴는 일을 그만두는 게 아니라, 삶의 우선순위를 재조정하는 기회이며, 그것을 찾는 여행을 위한 조기 퇴직일 뿐입니다. 늘어난 자유시간을 채울 일과 그것을 통한 경제적 문제의 해결이 은퇴자들의 새로운 과제로 있습니다.

이 시간의 일은 돈이 우선이 아니라 의미와 개인적 만족감을 주고, 내면의 평화에 대한 갈망을 충족시키고 소속감을 주는 것이라면 금상첨화일 겁니다.

난 또 다른 의미의 삶의 여행을 준비합니다.

안전한 현재를 박차고 나와서 위험하지만 여행을 시작하지 않으면 인생이 정체되고 썩어갈 것을 압니다.

공항에서 환승할 비행기를 놓친 당혹감을 맞는 여행이 되지 않으려면 삶의 우선순위를 가진 여행계획서를 들고 환승구간 앞에서 기다려야 합니다.

그래서 심한 불안과 초조함을 느끼는 모양입니다.

자연처럼 존재할 것

노인은 그냥 자연일 뿐입니다. 젊음이 아름다운 자연이듯….

헥토르 가르시아라는 작가가 나이에 대한 글을 썼습니다. 부제가 '인생을 어떻게 살아가야 할지 모르는 사람들에게'입니다. 삶의 갈피를 못 잡고 의욕이 없는 사람들을 위한 조언입니다.

"은퇴만 빼고 다 할 것, 두려움은 벗어나려 하지 말고 그대로 둘 것, 유쾌하고 소식할 것, 한 가지 일에 몰두하고 무언가에 완전히 빠질 것, 명상하며 마음을 챙기고 호흡에 몰두할 것, 불안 없이 인생의 변화와 마주하는 법을 연습할 것." 등등입니다.

텃밭이나 정원을 가꾸고 자연처럼 존재하라 가르칩니다.

나이가 적든 많든 살아가는 데 목표가 없으면 삶의 공허가 몰아치고 실존의 위기를 겪게 됩니다. 어떤 것이든 삶의 목표를 설정하는 게 중요합니다. 그리고 매일의 습관을 자연과 함께하는 일로 가져야 합니다. 명상과 호흡에 몰입하는 것은 마음 챙김의 좋은 방법입니다.

"우리가 반복해서 하는 일이 우리 자신이다. 훌륭한 것은 행동이 아니라 습관이다."

– 아리스토텔레스

불안과 우울도 습관입니다. 유쾌한 일을 찾고, 즐거운 사람과 어울리고, 내가 그런 사람이 되도록 눈웃음을 연습하고 따뜻하고 분별 있는 말의 습관을 위해 노력합니다. 수명이 길어지면서 50-60대 청년이 즐비합니다. 이 길어진 젊음의 뜰을 열정으로 채울 일을 찾습니다.

봄 여름 가을 겨울. 절정에 있는 계절들은 그 모습대로의 아름다움이 있습니다. 그래서 우리는 나이마다의 절정의 모습으로 물들고 싶어 합니다. 서서히 물드는 단풍이 얼마나 아름다운지를 아는 우리는 죽어가는 상태로 살아있는 비참한 노인으로 전락하지 않길 소망합니다. 살아있으나 죽은 사람들이 많습니다.

사랑이 끝나면, 이혼을 당하면, 희망퇴직을 당하면, 파산을 당하면, 죽는 줄 알았는데 어느 날 정신 차려보니 우리 모두는 푸드득 푸드득 살려 하고 있습니다. 그렇게 삶은 이어집니다. 자연처럼….

비겁하게 도망쳤지만 비겁하면 덜 아프다는 것도 알았습니다.

좋은 사람이 있고, 바다, 노을, 해변, 침대의 포근함 때문에 어느 때는 정말 살고 싶어집니다. 그리고는 나에게 잠시 전부이고 삶의 의미였던 사랑이나 성공, 그 모든 것에 대하여 다시 생각합니다.

사랑 자체가 아닌, 성공 자체가 아닌, 그것들을 갈망한 주체인 나 자신에 대한 고민이 자연처럼, 물처럼, 바다처럼, 살라고 합니다. 움켜쥐려고만 하다 걸려 넘어진 내게 손을 펴야 모든 걸 잡을 수 있다고 자연은 가르칩니다.

고통과 고민을 피해 달아나기만 하던 내게, 오직 정면승부만이 방법이 없다는 걸 가르치는 것도 자연입니다. 그것들을 바라보는 눈을, 시각을, 바꾸라고 가르칩니다.

몰려오는 파도는 내게 말을 겁니다. 오늘보다 더 강해지려면 포기하지 말고, 도망치지 말고, 징징대지 말고, 스스로 불안의 문제를 해결해라….

모든 것엔 언제나 그것의 반대편으로 전환될 가능성이 있음을 알고 플랜 B를 들고 있어야 합니다. 나이가 들면서 자연처럼 늙어가는 삶이 가르쳐준 지혜입니다.

늙는다는 것은 육체적 노화이고 나이가 든다는 것은 젊음에게 없는 것이 생긴다는 의미라고 가르칩니다. 젊음이 갖지 못한 삶에 대한 깨달음은 자연처럼 사는 게 옳다는 의식입니다.

밤은 길고 괴롭지만 살고 싶습니다.

시작하기에 너무 늦은 나이지만 아직도 다시 시작하고 싶습니다.

내게 열등감을 주던 그것이 무엇이든 간에 상대를 잊고 스스로 강해질 겁니다.

정말 열심히 살아야 살아지는 게 삶인 것을 길어진 젊음 속에서 깨닫습니다.

살면서 내가 내린 모든 결정들은 안전한 삶을 위한 것이었습니다. 그럴수록 몰려오는 내면의 공허감은 그 어떤 것으로도 대체할 수 없습니다.

회피할수록 삶은 또 다른 시련을 통해 나를 떠다밉니다.

안전하게 보호받는 낙원에 살길 갈망했는데 예기치 않는 불행을 통해 운명은 악당과 괴물이 우글거리는 야생의 정글 속에 우릴 버리고 떠납니다.

홀로서기를 배우며 빠져나오지 않으면 불행의 먹잇감이 될 수밖에 없습니다.

온몸을 비틀어서라도 자연처럼 존재할 겁니다.

나이마다 절정으로 물들어가렵니다.

우아하고 지혜롭게 세월의 강을 건너며 노을이 아름다운 바다로 갈 겁니다.

유머와 감사, 타인을 향한 배려를 키우고, 삶의 고비 고비마다 만나는 위험에 맞서는 유연성과 모호하고 불확실한 것에 대한 관용.

새로운 환경에 대한 열린 마음과 모든 경험을 긍정적으로 받아들일 마음의 자세가 세월을 항해하는 데, 자연처럼 존재하는 데, 필요한 도구입니다.

자연이 말합니다.

'절대 당황하지 말 것.

위기의 순간에 이성적으로 생각하고, 감정을 능숙하게 관리할
것.'

잘 익으면 청춘보다 낫다

"준이, 이게 다슬기야. 어느새 커서 여의천가에 나와서 아빠와 할아버지랑 물놀이를 하다니….."

"준아, 돌 던지면 안 되고 9살 형이 고기를 잡아 줄 땐 '고마워'라고 하는 거야. 얘들아, 요 꼬맹이는 물가에 온 게 처음이야. 그러니 이해해 주고 형 노릇 해주렴."

"……."

어떤 교과서나 부모도 할 수 없는 교육을 자식이 하고 있음을 봅니다. 우리에겐 언제나 걱정이고 철없을 큰아들이 제 아들에게, 그 아들 옆의 9살 동네 꼬마들에게 온갖 고마움을 쏟아내며 있습니다.

우리 앞에서는 아직도 철없고 젊은 아들은 제 자식을 위한 희생과 사랑을 품어내고 있습니다.

아이를 갖기 시작하면서부터 세상의 모든 인간들은 비로소 사람이 됩니다. 아기를 양육하는 것은 세상을 만드는 일입니다. 우리 눈엔 그저 위태위태한 아들이 자기를 희생하며, 짜증 한

번 없이 제 아이를 키우다니… 마치 태어나면서부터 아버지였던 것처럼 아버지 노릇을 하고 있습니다.

그렇게 희생적인 아버지로 익어가고 있습니다.

팔팔하게 생기 있지만 날것 그대로의 거침과 이기적인 면모를 가지고 있는 요즘 젊은것들이 주는 근심을 속에 품고 걱정하고 있었는데 저렇게 잘 익어가고 있다니….

그 앞에서 늙어가는 나는 어떨까 돌아보게 됩니다. 잘 익으면 청춘보다 낫다는데… 노추를 경계하고 있습니다.

loneliness- 혼자 있는 고통과 외로움. 자유를 선택할 수 없는 노년의 느낌.

solitude- 혼자 있지만 긍정적인 고독력. 스스로 통제하고 계획할 수 있는 경제적, 정서적 자유를 갖고 외로운 고독을 즐길 줄 아는 것.

어떤 것을 원하는지 우리 모두는 압니다. 나이와 함께 홀로 있는 것은 당연하지만 그것이 고통의 외로움이 되는 비참함은 피해야 합니다. 고독을 즐기는 아우라가 있는 노년은 잘 익어가는 것입니다.

88세의 일본 노인이 쓴 글을 읽으며 생각난 단어들입니다.

"나는 마음속 깊이 행복하다. 하지만 시력, 청력, 치아가 나빠 백내장 수술을 하고, 보청기를 하고, 임플란트나 틀니를 하는 등 노화로 인한 변화를 겪어내는 데는 때때로 영웅적 용기가 필요하다."

- 미쓰다 후사코

이젠 열심히 노력하는 것만으로는 충분치 않은 시대입니다. 전혀 연습되지 않은 인생 후반기가 우리들 앞에 펼쳐있고 꿈은 바닥이 났습니다. 의지할 것도 벤치마킹 할 것도 없는 삶의 망망대해에서 생존수영을 배워야 할 때입니다.

책임감과 외로움에 준비된 사람은 없기에 길을 잃기에 딱 좋은 나이입니다.

인생의 작은 성공의 봉우리를 오르고 실패의 계곡을 건넌 경험만이 삶의 이정표로 남아있습니다.

고독력을 키우고 혼자 있지만 잘 살아내야 합니다. 고독을 즐길 줄 알아야 하는 나이입니다.

비록 나이가 들어 아름다운 용모는 잃었지만 젊은이에겐 없는 지성과 오래 봐도 질리지 않는 삶의 표정은 남았습니다. 피할 수 없으면 즐겨야 하듯 행복에 목숨 거는 바보 같은 짓은 말아야 합니다. 젊음을 붙들겠다고 씨름하는 것은 절대로 이길 수 없는 게임입니다. 불행에 대한 면역력을 길러야 합니다. 언제일진 몰라도 반드시 소멸하는 때가 옵니다. 쿨한 인생을 소망합니다.

워렌 버핏이든, 빌 게이츠든 돈이 많은 사람이 은퇴하는 일은 많지 않습니다.

은퇴는 돈 없는 사람들이 돈이 필요함을 강조하는 것이라는 어느 사회학자의 말에 등골이 서늘합니다.

그들 말에 의하면 은퇴란 노동의 과잉 공급을 해결하기 위해 고안된 것으로 시장에서 자동 퇴출되는 브랜드라고 말합니다. 냉정하고 섬뜩합니다.

삶에 따라붙는 외로움에 화해를 청하는 나이가 되면 잘 늙고 싶어집니다. 욕심을 내려놓기, 과로하지 않기, 말수를 줄이기, 살아있을 때 나누기 등을 실천하려 애씁니다.

비록 아직도 떨구지 못한 불안과 함께 있지만 그 본질을 이해하는 데는 늙음이 좋습니다. 불안이 두려운 건 어디서 오는 것인지 몰라서였는데 무작정 놀라고 두려워하던 미숙한 젊음은 벗어났습니다.

55세 이후를 사회적 분리수거 기간처럼 정해놓고 은퇴라는 이름으로 격리시키지만 잘 익어가서 향기를 만들기 원합니다.

은퇴 후엔 기쁨과 무게감을 동시에 느낄 수 있는 일을 찾고, 호흡이 긴 일이 무얼까를 고민해야 합니다.

청춘은 독립을 갈망하고 노인은 의존을 두려워합니다.

그러나 우리 모두는 상호의존 속에 살아갑니다. 하지만 일터에서, 클럽에서, 자원 봉사 속에서도 노인들은 투명인간 취급을 받습니다.

노인 스스로의 노화에 대한 두려움이 방어기전을 낳고, '라떼'를 말하는 꼰대 노인에 대한 반감으로 이어지기도 합니다. 두려워 말고 자신을 변화시킴으로써 잘 늙는 게 청춘보다 낫다는 걸 증명해야 합니다. 젊음과 아름다움만 중시하는 사회에 대한 편견을 바로잡는 건 잘 익는 노인들의 몫입니다.

나이와 함께 분노와 불안을 다스리는 지혜가 생기고 같은 불행에도 더 나은 방식으로 대처할 줄 알게 되는 게 잘 익어가는 노인의 모습입니다. 주어진 시간이 젊은이보다 짧기에 즐거운 일에 더 집중해야 합니다. 이들에겐 '언젠가'라는 말은 의미가 없습니다.

의사가 환자에게 말기암을 선고하면서 하는 "당신은 지금부터 인생에서 가장 압축된 시간을 보내게 될 겁니다."라는 말은 나이든 사람에게도 똑같습니다.

얼마 남지 않은 시간을 압축된 삶으로 가치 있게 살아가길 원합니다. 삶의 유한성을 깨닫는 순간 우리에게 새로운 깨달음이 찾아올 겁니다.

그동안 괴롭혔던 모든 고통과 외로움에게 화해를 청하고 그들 때문에 살아남을 수 있었음을 고백하며 감사를 전하는 것이 축복인 나이입니다.

언젠가는 죽는다는 필멸의 사실을 잊은 채 영원히 살듯 자신을 잊고, 인생의 가속페달만 밟아 브레이크가 고장 난 세대로 살아왔습니다.

친애하고 친애하던 성공을 이루지 못한 채 평범 속으로 삶은 흘러가 버렸습니다.

인생길에서 성공에의 무임승차를 꿈꾸고 시간을 죽이고 살았지만, 이렇게 평범하게 살 수밖에 없던 우리 모두는 세상을 떠나면 잊혀집니다.

그런 어쩌지 못하는 허무함에 화해를 청합니다.

나이가 들면서, 삶이 깊으면서도 가벼운 모습으로 다가올 때 '이제 됐어. 그만하면 됐어.'라고 자신의 어깨를 툭툭 쳐줄 수 있을 때의 모습은 잘 익어가는 모습입니다.

어떤 모습으로 익어 갈 건가, 늙어갈 것인가… 삶이 주는 숙제는 아직도 끝나지 않았습니다.

일이 없고, 지위가 없고, 존재감이 떨어지는, 외로움이 엄습한, 노인들이 모이는 퇴적공간을 벗어나 홀로 있으면서 자신만을 들여다보는 고독력을 원합니다. 건강에 집착하면서 여생을 보내고 싶지도 않습니다.

노년의 삶이 누구에게도 아무런 흥미를 유발하지 못하는 완전한 이방인의 세계라는 걸 압니다. 그러나 삶의 변곡점이 바뀌는 순간 노년의 삶으로 가고, 그때조차도 삶의 새로운 목적을 찾으며, 존재 의미에 대한 감각을 잃지 않는다면 향기 있는 늙음이 가능할 것입니다.

이런 깨달음의 순간이나, 새로운 일에 대한 동기유발은 때때로 벼락처럼 찾아오기도 합니다. 그 순간을 잡고 잘 늙어갔으면 합니다.

삶과 죽음, 상처와 용서, 연약한 인간을 살게 하는 불안이 갖는 에너지에 대해서 알게 되는 것은 잘 익어가는 자의 특권입니다.

어려움을 모르고 큰 우리의 이기적인 자식들조차 제 자식을 통해 잘 익어가고 있습니다. 젊은 그들을 걱정하는 것은 이젠 버려야 할 노인의 걱정, 노파심입니다.

'행복에너지'의 해피 대한민국 프로젝트!
〈모교 책 보내기 운동〉

"좋은 책을 읽는 것은 과거의 가장 뛰어난 사람들과 대화를 나누는 것과 같다." 철학자 데카르트의 말입니다. 빌 게이츠 회장은 "오늘의 나를 있게 한 것은 우리 마을 도서관 이었다. 하버드대학 졸업장보다 소중한 것이 독서 하는 습관이다"라고 강조했습니다.

책은 풍요로운 인생을 위해 절대적으로 필요한 도구입니다. 특히 청소년기에 독서의 중요성은 아무리 강조해도 지나침이 없습니다. 하지만 우리나라 청소년들의 독서율은 부끄러운 수준입니다. 무엇보다도 읽을 책이 부족한 실정입니다. 많은 학교의 도서관이 가난해지고 있습니다. 학생들의 마음 또한 가난해진 상태입니다. 지금 학교 도서관에는 색이 바랜 오래된 책들이 쌓여 있습니다. 이런 책을 우리 학생들이 얼마나 읽고 싶어 할까요?

게임과 스마트폰에 중독된 초등과 중등학생들, 대학 입시 위주의 교육에서 수능에만 매달리는 고등학생들, 치열한 취업 준비에 매몰되어 책 읽을 시간조차 낼 수 없는 대학생. 이런 상황에서도 학생들이 책을 읽고 꿈을 꾸고 도전할 수 있도록 책을 읽는 분위기를 조성해야 합니다. 학생들이 읽을 수 있는 좋은 책을 구비할 필요가 있습니다.

저희 도서출판 '행복에너지'에서는 베스트셀러와 각종 기관에서 우수도서로 선정된 도서를 중심으로 〈모교 책 보내기 운동〉을 전개하고 있습니다.

대한민국의 미래, 젊은 꿈나무들에게 좋은 책을 보내주십시오!

독자 여러분의 자랑스러운 모교에 보내진 한 권의 소중한 책은 학생들의 꿈과 마음을 더욱 풍요롭게 하는 촉매제가 될 것입니다.

책을 사랑하시는 독자 여러분의 많은 관심과 참여를 부탁드립니다.

도서출판 **행복에너지** 임직원 일동
문의 전화 010-3267-6277

하루 5분 나를 바꾸는 긍정훈련
행복에너지

'긍정훈련' 당신의 삶을 행복으로 인도할 최고의, 최후의 '멘토'

'행복에너지 권선복 대표이사'가 전하는 행복과 긍정의 에너지, 그 삶의 이야기!

인터파크
자기계발 분야 주간
베스트 1위

권선복 지음 | 15,000원

권선복

도서출판 행복에너지 대표
지에스데이타(주) 대표이사
대통령직속 지역발전위원회
문화복지 전문위원
새마을문고 서울시 강서구 회장
전) 팔팔컴퓨터 전산학원장
전) 강서구의회(도시건설위원장)
아주대학교 공공정책대학원 졸업
충남 논산 출생

책 『하루 5분, 나를 바꾸는 긍정훈련 - 행복에너지』는 '긍정훈련' 과정을 통해 삶을 업그레이드하고 행복을 찾아 나설 것을 독자에게 독려한다.

긍정훈련 과정은 [예행연습] [워밍업] [실전] [강화] [숨고르기] [마무리] 등 총 6단계로 나뉘어 각 단계별 사례를 바탕으로 독자 스스로가 느끼고 배운 것을 직접 실천할 수 있게 하는 데 그 목적을 두고 있다.

그동안 우리가 숱하게 '긍정하는 방법'에 대해 배워왔으면서도 정작 삶에 적용시키지 못했던 것은, 머리로만 이해하고 실천으로는 옮기지 않았기 때문이다. 이제 삶을 행복하고 아름답게 가꿀 긍정과의 여정, 그 시작을 책과 함께해 보자.

『하루 5분, 나를 바꾸는 긍정훈련 - 행복에너지』